U0004106

不在　不同的存在

小異　小小的奇異

死後四十種生活

SUM: Forty Tales from the Afterlives

David Eagleman

大衛‧伊葛門——著

郭寶蓮——譯

伊卡魯斯——繪

不在系列 06
死後四十種生活

作者：大衛‧伊葛門｜David Eagleman
譯者：郭寶蓮
繪者：伊卡魯斯
責任編輯：江怡瑩
整體美術設計：王志弘
法律顧問：董安丹律師、顧慕堯律師

出版───小異出版
　　　　台北市105022南京東路四段25號11樓
　　　　Tel: 02-8712-3898　Fax: 02-8712-3897
　　　　locus@locuspublishing.com
　　　　www.locuspublishing.com

發行───大塊文化出版股份有限公司
　　　　台北市105022南京東路四段25號11樓
　　　　讀者服務專線：0800-006-689
　　　　Tel: 02-8712-3898　Fax: 02-8712-3897
　　　　郵撥帳號：18955675
　　　　戶名：大塊文化出版股份有限公司

總經銷───大和書報圖書股份有限公司
　　　　　新北市新莊區五工五路2號
　　　　　Tel: 02-8990-2588　Fax: 02-2290-1628

初版一刷：2009年10月
初版十二刷：2021年4月
定價：新台幣250元
ISBN：978-986-84569-7-6
版權所有‧翻印必究
Printed in Taiwan

CONTENTS

死後四十種生活

SUM: Forty Tales from the Afterlives

ONE

SUM

·

總和

在死後世界，你會重新經歷在世時的所有經驗，但這次順序全數重組：相同的事情聚集在一起，一次做個夠。

你會有整整兩個月什麼事都不做，只在自家門前街道上開車，另有七個月整天都在做愛。連續睡上三十年，眼睛睜都沒睜開。整整五個月坐在馬桶上翻雜誌。

一輩子的疼痛在二十七小時內一次嘗個夠。車禍斷骨、皮開肉綻，還有生孩子的劇痛。一旦熬過去，死後世界的其他日子就無苦無痛。

但這不表示剩下的日子盡是愉快輕鬆。你得花六天剪指甲、十五個月找東西、十八個月排隊。還有兩年的無趣生活：望著公車窗外發呆、坐在機場候機室發楞、排隊等上網

時發怔。整整一年不斷閱讀，讀到眼睛痠痛，全身發癢也不能洗澡，因為還沒到兩百天的馬拉松式沖澡時間。兩週時間全用來納悶死後會怎樣，但那刻來臨時，才發現自己身體往下墜的時間只有一分鐘。七十七個小時困惑，一小時發現自己忘了某人的名字。三個星期明白自己做錯了。兩天在說謊。六週等綠燈，七小時嘔吐。十四分鐘經歷純粹的喜樂。三個月洗衣服。十五小時簽名。兩天綁鞋帶。六十七天心碎。五週開車迷路。三天計算餐館小費。五十一天決定要穿哪件衣服。九天假裝知道別人在說些什麼。兩週數錢。十八天打開冰箱看裡面。三十四天經歷渴望的感覺。六個月看電視廣告。四個星期坐著思忖可以把時間拿來做更好的用途。三年吞食物。五天扣釦子、拉拉鍊。四分鐘納悶許多事件若重新來過，人生會是什麼樣。在這樣的死後世界中，你的所思所想和在世生活幾乎沒兩樣，但在世的一切其實祝福滿滿：因為這時每個活動都能拆解成得以嚥下的小片段，所有時刻不會持續不斷，所以你能體會人生不同事件交錯跳躍的喜悅，就像孩子在灼燙的沙灘上從這裡跳到那裡。

TWO

EGALITAIRE

————— · —————

平等主義

在這個死後世界，你會發現上帝終於了解生命的複雜。她在創造自己的宇宙時和其他諸神一樣，屈服於同儕壓力，以二分法將人分成善與惡。但不久她就發現多方為善的人，卻同時在其他方面表現出卑鄙和邪惡，所以該怎麼判定誰上天堂，誰下地獄？她思忖著，盜用公款的人是否也可能捐善款？女人或許不忠，但可能同時給兩個男人帶來喜悅與安全感？即便是個孩子，也可能不經意洩漏讓家庭四分五裂的祕密？年輕時的上帝覺得，將人類截然分成善惡兩端，這種作法還挺有理，但隨著資歷漸長，她發現這種決定愈來愈困難。她撰寫複雜方程式來考慮幾百種因素，還用電腦軟體跑出好幾長串永恆決策的方案。沒多久，這種自動化決策卻開

始讓她反感，每次電腦做出她無法同意的決定，她就氣得發飆，踢掉電腦插頭。那天下午她聽著因兩國交戰而亡的死者發牢騷。雙方都受苦，雙方都有理傾訴，而且雙方也都能為自己提出真摯合理的辯護。她搗住耳朵，痛苦呻吟。終於，她知道她的子民是多面向的生物，她不能繼續活在自己年輕時所建構的死板二分架構下。

不是所有的神都會因這樣而難過掙扎，所以我們算很幸運，所臣服的這個上帝細膩敏銳，能深刻了解人類心思的迂迴和複雜。

好幾個月她頭垂得像蘆葦，埋頭猛擦天堂客廳的地板，這時外頭已排成長龍。她的顧問建議她授權給別的神做決定，可是她如此深愛她的子民，無法丟下他們給其他神照顧。

在沮喪絕望中，她靈機一動，決定讓大家繼續排隊，逼他們自己想辦法。隨後她慷慨仁慈的心靈又冒出個更好的主意，而且這個主意她負擔得起：她讓每個人在天堂都能擁有自己的一席之地，一個都不放棄。畢竟，每個人都有善良的一面，這是當初她設計人類時所開出的規格。她這項新計畫

讓她步履重拾輕盈，臉頰恢復紅潤。她關掉地獄的所有運作，開除撒旦，將一個個子民帶到自己身旁。不論新人或熟面孔，不管凶惡或善良，在她的新國度裡，每個人與她說話的時間絕對相同。多數人覺得她變得喋喋不休，太過叨念，不過現在沒人能指責她不關心了吧。

在她的新國度中，最重要的原則是人人平等。現在，不會有人在地獄被火噬，卻有人在天堂聽豎琴。死後世界不再有水床與吊床、生馬鈴薯與壽司、熱水與香檳之分。四海之內皆兄弟，地球上從未落實的「真平等」精神在這裡首次獲得實踐。

共產主義者惱怒又困惑，因為他們思想中的完美社會，竟得透過他們所不願相信的上帝出手協助才得以實現。精英分子很尷尬，沒想到他們竟和一群左傾分子困在一個無獎無懲的永恆中。現在沒窮光蛋可讓保守人士鄙夷，沒受壓迫者可讓自由派解放。

搞到最後，上帝坐在床邊徹夜哭泣，因為現在所有人的唯一共識就是，大家都活在地獄裡。

THREE

CIRCLE OF FRIENDS

———— • ————

朋友圈

死後的你覺得這世界好像與生前大同小異，基本上所有事情看似沒兩樣，不過仍有些小差異。你仍舊起床刷牙，出門上班前和配偶及孩子吻別。交通流量比平常少，大樓其他辦公室也沒滿滿的人，感覺就像大家都去放假。不過你辦公室裡的每個人都在，他們親切地向你打招呼，你覺得自己突然受歡迎了起來。從起床到現在，遇見的每個人都是你認識的。忽然，你明白了，這是死後世界：這世界裡只有你認識的人。

這些人只占世界總人口的小小部分，大約五百萬分之一，不過對你來說已為數眾多。

後來你發現只有你記得的人才會在這裡。所以在電梯裡和你交換眼神的女人可能在、也可能不在。你小學二年級的

老師和全班多數同學都在。你的父母、表親、這輩子所結交的朋友。你的所有戀人、你的上司、祖母，以及每天中午為你上菜的服務生。那些和你約過會、差點約會，以及你愛慕的人也都在這裡。真是個天賜良機啊，你可以和這上千個人好好交流談心，恢復逐漸淡化的情誼，把握之前任其遠離的那些人。

只不過數星期後，你開始覺得寂寞。

你和一、兩位朋友漫步於偌大的靜謐公園，忍不住開始納悶死前死後到底有何差異。這時你發現空蕩的公園長椅上沒有陌生身影來給公園增添色彩，沒有陌生家庭對著鴨子扔麵包屑，讓你因他們的歡樂笑聲而漾起微笑。走入街道，你注意到四周沒有陌生人群，沒有擠滿上班族的辦公大樓，沒有遠方城市傳來的隱約喧擾，也沒有全天候無休、有病患死亡、醫護人員奔忙的大醫院。沒有火車載滿擠如沙丁魚、準備回家的乘客呼嘯駛入夜晚。放眼望去，更少見外國人。

你開始覺得一切好陌生。這時你才發現自己從不知道如何用硫化橡膠來做輪胎，但為時已晚，現在輪胎工廠已蕩然

無存了。你也從不知如何利用海砂來製作矽片、如何發射火箭上太空、如何剔除橄欖核或鋪設鐵道。現在這些工廠全都關閉了。

　　消失的人群讓你孤單，你開始抱怨起可能見到面的所有人。你的抱怨沒人聽，也沒人同情，因為這正是你在世時選擇的結果。

FOUR

DESCENT OF SPECIES

·

物種的墮落

在死後世界中，你有眾多機會選擇下輩子要投胎轉化的物種。與生前相反的性別？出生在王公貴族之家？成為極有深度的哲學家？還是成為迎接勝利時刻的士兵？

或許你剛過完坎坷辛勞的上輩子，或許你肩頭上的龐大責任和決策壓力讓你喘不過氣，所以現在的你只想要：簡單。要求獲准。於是你決定下輩子當馬。你渴望簡單清閒的生活：整個下午在綠草如茵的原野上悠閒吃草。有著俊美骨骼和強健肌肉的你緩緩搖擺尾巴，一派悠然自得，要不就盡情奔馳在白雪皚皚的平原，任憑蒸氣從鼻孔噗噗噴出。

你說出了這個決定。喃喃念咒，揮動魔杖，你的身體開始變成馬的模樣。肌肉鼓脹，冒出的強韌毛髮如冬天暖適的

毛毯蓋住你全身。脖子開始延長厚實，感覺雖陌生但很快就習慣。頸動脈變粗，手指彎成蹄，膝蓋硬挺，臀部強健，頭顱也延長成新形狀，腦子急速改變，腦皮質退化，小腦變大，胎雛由人變成馬，神經元改變方向，神經突觸點拔起又重插入，一路演化成馬的神經傳導模式，這時，你想了解當馬有何感覺的夢境從遠方如馬蹄達達疾馳向你。你對人類的所有掛慮開始遠離，你對人類行為的嘲諷慢慢褪去，就連身為人類的思考方式也渺渺飄遠。

突然，在那瞬間，你察覺到自己忽略了一個問題。你愈成為馬，就愈忘了原始初衷。忘了當初身為人類的你，好奇當馬是什麼滋味的那種感覺。

這種清醒沒持續太久，但它卻成為受懲的罪孽，如希臘神話裡的英雄普羅米修斯日復一日承受被鷹啄食內臟的痛苦。半馬半人的你蹲伏著，痛苦地了悟到若不知起點就無法欣賞終點。你無法沉醉於簡單的幸福中，除非能記得想簡單卻不可得的相對感覺。

這還不是你了悟的最悲慘事實。變成馬之後你才發現，

下次當你帶著厚重的馬腦回到死後世界，你就沒資格要求重新變成人，因為你不了解什麼是人。你決定往智慧階梯滑下的選擇已不可逆轉。就在你將失去最後的人類稟賦前，你痛苦地深思，會有哪種偉大的外星生物因著迷於簡單生活而在最後一次輪迴中選擇投胎做人。

FIVE

GIANTESS

———— · ————

女巨人

死後世界一片柔軟。你發現自己身處在有良好緩衝防護裝置的院子裡，這兒的所有東西都設計得既舒適又靜謐。雙腳落在鋪墊的地面時無聲無息，每片牆壁都有枕墊來保護。連回聲也因泡棉天花板而消音。在這裡不可能找到堅硬的表面，每件東西都有羽毛做襯墊。

進入大廳，你注意到的第一個東西就是那個巨大高貴的人，他的模樣就像你以為的上帝，只不過他顯然受到驚嚇，雙眼透露出緊張焦慮。他或許會解釋，他是因地球上的核武擴張而驚惶失措，他說他耳裡經常出現轟隆巨響，嚇得冷汗直冒，猝然驚醒。

「我挑明說吧，」他對你這麼解釋：「我不是你的上帝，事

實上你和我是銀河系的鄰居。我來自你們所說的『特然四號』星團。所以我們兩個同樣是一團亂。」

「什麼一團亂？」你問。

「拜託，說話別這麼大聲，」他輕聲提醒你，「我們已經研究鄰居好長一段時間，包括你們地球人以及附近的三十七個行星。我們已經發展出非常準確的方程式，可以預測你們行星的未來成長和社會趨勢。」說到這裡他盯著你雙眼不放。「結果我們發現你們地球是最不安穩、最不知足的行星。從我們的預測來看，你們的戰爭武器會發展得愈來愈高分貝。你們的太空探究計畫會製造出成千上萬的嘈雜飛航工具，以震耳欲聾的推進器在宇宙天際呼嘯來呼嘯去。你們地球人就像西班牙那個探險家科爾特茲，想著征服高山，準備擾動太平洋邊緣的每吋海灘。」

「你是說我們的擴張主義一團亂？」你想搞懂他的意思。

「這還不算一團亂。」他不滿地說：「容我再細說分明。你和我，我們的星球、我們的銀河都是浩瀚不可測之巨大生命體的一部分，你可以稱這生命體為女巨人，不過把這概念濃

縮成這樣一個詞，或許會讓你誤以為你可以想像她的巨大。

　　「為了讓你清楚她的真實大小，這麼說吧：對她來說你不過像原子。而你們的地球，相當於她一個細胞裡陰暗深處的一個蛋白質。我們的銀河系是她一個細胞，一個小小的細胞。而她，就是由上萬億個這樣的細胞組合而成。

　　「幾百萬年來，我們星球上的人對她毫無所悉，就像扁蟲不知地球是圓的，一群細菌永遠碰不到燒瓶壁，而你手裡的單一細胞不知道自己有功於鋼琴流瀉的協奏曲。

　　「不過隨著先進的哲學與科技，我們開始欣賞自己的處境。根據理論，幾千年以前，我們可以和她溝通，破解她的結構，運用訊號來影響她的行為，就像極微渺的分子透過賀爾蒙、酒精和麻醉品來影響你們這樣的生物。

　　「所以我們重整教育自己。我們不再因政治注定的可恥輪替而煩擾，我們致力發展經濟和科學，希望更了解整個宇宙的生物化學。我們有條不紊地繪製她神經系統的信號串聯反應及星系解剖構造，最後終於了解如何將信號傳導到她的意識。我們傳送了一連串鮮明的電磁波，這些電磁波與當地

的磁氣圈交互作用，也影響星體軌道，讓行星離恆星忽近忽遠。而且還支配了生物的命運、改變大氣層中的氣體成分、彎曲燈光信號，這些都因我們研發的複雜互動串聯反應而發生。根據我們的計算，這些信號得好幾百年才能抵達她的意識。在抵達時，我很難過自己正好要遠離我的星球出遠門，而這時候所有人正歡天喜地等著看會發生什麼事。」

他的臉因痛苦回憶而抽搐。

「可是沒人想過信號抵達她的意識之後接下來會發生的事：隕石大量降落，燃燒的氫雲相互擠壓，接著還出現了許多黑洞，無情地將宇宙中巨大的飛行體、星塵和最後一抹回憶之光吸入吞噬。無人倖存。

「這樣的結果極可能源自她的無意識之舉，可能只是她免疫系統的反應，或者她正在搔癢、打噴嚏，或做切片檢查。

「所以我們因此發現，我們可以和她溝通，但這樣的溝通卻毫無意義。我們分量如此微渺，哪能對她說什麼？哪能問她什麼問題？就算問了，她又如何將答案傳遞給我們？或許我們星球遭遇的劫難就是她試圖回答的結果。你能要她做出

什麼對你生命而言關係重大的事？就算她把對她而言重要的東西告訴你，你能明白她給的答案嗎？你以為將莎士比亞的劇作拿給細菌看會有意義嗎？當然一點意義都沒有。隨著空間的規模不同，意義也有差異。所以我們已經得出結論：與她溝通並非不可能，但毫無意義。這就是為什麼我們現在安靜蹲伏在這個無聲星球的表面，透過緩慢的軌道運行來低聲輕語，試著別只注意到自己。」

SIX

MARY

·

瑪麗

當你抵達死後世界，會發現《科學怪人》的作者瑪麗・雪萊正坐在寶座上，被一群天使照顧保護。

詢問之後你發現，原來上帝最愛的書就是雪萊的《科學怪人》。祂通宵坐著，強有力的大手捧著破舊的《科學怪人》，時而低頭閱讀，時而若有所思地抬頭凝望夜空。

就像這本小說裡創造出科學怪人的維多・法蘭克斯坦，上帝也認為自己是醫生，是個無可匹敵的生物學家。祂覺得所有與生命創造有關的故事，都與祂有深沉的痛苦關係。對於向泥人吹氣，使萬物有生命的過程，祂有千言萬語想傾吐。祂所創造的生物中，能深入思索創造生命之挑戰性的寥寥無幾，所以發現雪萊寫出這本書，祂身為造物主的孤寂感

終於稍得紓解。

祂第一次讀《科學怪人》時，一路批評這本書將創造生物的過程描述得太簡化，但讀到最後，祂被感動了。終於，第一次，有人了解祂。於是祂將雪萊接到身邊，賜給她寶座。

要體會祂的悸動，你必須先了解上帝的醫療生涯。上帝在以酵母和細菌做實驗的過程中，發現了生物自我組織的原則。祂沉醉於自己的創造之美。就在祂精通創造原則後，祂的創作愈來愈成熟。深具藝術天賦的祂縫製出令人驚歎的鴨嘴獸、小巧結實的金龜子、碩大龐然的長毛象，以及在水面閃耀飛躍的成群海豚。上帝的技術日漸利落敏銳，祂以巧手和令人歎為觀止的精確度，製作出祂豐富想像力能及的所有生物。

這時祂不經意地走上不歸路：創造出人類。這是祂最有價值的作品，是祂的珍藏、驕傲、展示品，令自己心馳神往的巔峰之作。

其他生物過著日復一日的生活，但人類不同。人類會憂慮、會尋求、會渴望、會犯錯、會垂涎、會苦痛，就跟上帝

自己一樣。

當人類從地面拿起石塊開始製作工具，祂訝異不已。樂器的發明傳到上帝耳裡成了交響曲。祂又敬又畏地看著人類聚集起來建造城市、豎起牆籬。後來發現他們開始喧鬧爭吵，祂的歡喜變成憂慮。沒多久他們甚至相互侵略。祂想跟那些可能聽得懂的人說說道理，但戰火已熊熊蔓延。

祂很快發現手中所掌握的控制權遠不及自己所預期，因為祂創造了太多人類。祂想讓好人有好報，壞人有壞報，卻沒技術來確實執行這種心願。亞述人和巴比倫人之間狼煙縷縷，血流成河；西元前三世紀的希臘馬其頓人對鄰邦發動攻擊；羅馬人攻以猛烈炮火直到成功圍剿異教徒和哥德人。拜占庭浴血興起又衰落；中國受苦而後反撲；歐洲人彼此殘殺。祂所創造的大地原本色彩鮮亮，現在卻因人類潑灑的血腥而黯淡。而祂無力阻止這一切。

這段期間人類不斷呼喊，懇求上帝幫助他們敵殺對方。祂塞住耳朵噤吼，不想聽到慘遭劫掠的村莊哀號、失血痛苦士兵的祈禱，以及奧許維茲納粹集中營傳來的呼求。

所以祂現在決定把自己鎖在房內，等到夜深時，才帶著《科學怪人》溜到屋頂，一遍一遍看著維多・法蘭克斯坦醫生如何在北極受到他所創造的殘酷怪物的奚落。上帝自我安慰地想著，所有的創造過程必然導致這樣的結果吧：創造者最後只能無力地逃離其所創造的東西。

SEVEN

THE CAST

——— · ———

夢境演員

聽到兒歌「快樂、快樂、要快樂，人生不過一場夢」，你突然頓悟某些事，開始懷疑自己不是「莊周夢蝶」而是「蝶夢莊周」，或者更慘的，自己會不會只是一個裝在罐子裡，能看、能聽、能聞也能嘗的腦袋。不論是什麼，終究夢一場。所以你等著在這場夢裡死去，以期能甦醒，以期弄清楚自己到底是被斑點蝶翅所困，或者被玻璃罐所縛。

其實你搞錯重點了。如夢的不是人生，而是死亡。

更奇怪的是，死亡不是你的夢，而是別人的夢。

這麼一說你應該想起，自己的夢境裡總有一些背景人物：餐館的顧客，購物中心和學校操場的人群，馬路上的其他駕駛人，穿越馬路的行人。

這些演員的出現並非毫無來由。他們位於背景中、扮演好自己的角色，以便讓做夢的人覺得夢境很真實。有時候他們會聆聽夢境劇情，但更多時候他們只是自言自語，等著輪的這場班結束。

　　這不是可以自由來去的工作，而是得兌現的契約承諾：你這輩子做夢的所有時間，就是你在別人夢境裡充當背景演員的服務時數。沒人喜歡這份工作，除了某些曾演過悲劇的演員。每天晚上，我們多半讓別人扮演互動的角色，並慶幸自己只須坐著當背景不用當主角。如果夠幸運，做夢的人會把我們分派到餐廳的場景中，這樣一來就能免費飽餐一頓。如果運氣沒那麼好，可能就被安排到可怕的化妝舞會，戴上嚇人面具參加派對。或者在地獄的深淵中衝浪，要不就是當個跑龍套的，在明星光溜溜走進來時，跟著別人點出事實、哈哈大笑。

　　對那些扮演互動性角色的人來說，必須盡可能演得逼真生動，幸好做夢者背後有個螢幕會提示台詞。我們多數人的演技很差，畢竟不是受過訓練的專業演員，況且我們也不是

出於強烈動機自願來演戲。幸好，不管演得如何，做夢者似乎都會相信我們的演出。就算我們看起來不像該角色應有的樣子，做夢者也會相信我們就是他們認為的我們，就連在該角色中呈現出與該有性別相反的模樣，他們也頂多困惑一下。

很久以前，夢境演員曾罷工。在那三天，地球上每個人的夢境都只有自己孤單徘徊在空蕩屋子裡，漫遊於無人跡的街道上。有人把這種夢境視為不祥之兆，絕望之際尋死求解脫。死後的他們成為夢境演員的新人，並向其他演員訴說這段悲慘故事，結果引發眾人一掬同情淚，當下決定不再罷工。

或許你不覺得這樣的死後世界是種懲罰，那是因為我還沒告訴你最慘的那部分。

整夜在別人腦袋裡出沒的夜班工作，終於在清晨結束，我們開始陷入不得安寧的睡眠狀態。你知道出現在「我們」夢境中的那些人是誰嗎？那些是結束此生，脫離此世的人。換句話說，在別人夢境中的我們永遠活在下一代人的夢境中。

在你左邊那個人代表著，萬事循環不息，所以我們最終將回到人世間。這顯然是某些講求效率的神祇所設計出的分

EIGHT

METAMORPHOSIS

·

蛻變

死亡有三階段，第一階段是身體停止運作，第二階段是身體
被埋入墓穴，第三階段是你的名字最後一次被呼喚的未來那
一刻。

　　所以死後的你會在大廳等待第三階段的死亡時刻來臨。
這裡的大廳有長桌，桌上擺有咖啡、茶和餅乾，隨你自由取
用。這裡的人來自世界各地，你們輕鬆地打成一片，閒話家
常。只不過你得明白，隨時會有「點名人」打斷你們的聊天，
他會廣播呼叫你新朋友的名字，一被點名就代表地球上沒人
記得他。你的新朋友聽到自己名字，整個人癱軟，雖然「點名
人」友善地告訴他，現在要去的地方比這裡更好，他仍滿面愁
容，整張臉如碎裂後重黏的破盤子，糾結著裂痕。沒人知道

那個更好的地方在哪裡，能帶給人什麼，因為從那扇門出去的人，從沒有一個回來告訴我們。教人難過的是，許多人在摯愛一來到時，就得馬上離開，因為摯愛是唯一記得他們的人。這一刻來臨，所有人都會搖頭抗拒。

　　這裡如機場的偌大候機室，在此還能見到史書中的歷史人物。若悶得發慌，你可以起身，越過一排排走道和座椅，大步往任一方向走出去。走了幾天後，你會注意到四周的人變得不一樣，並開始聽見外語腔調，看見各色人種同類相聚。你看見如地球表面的地形景觀自動浮現眼前。原來你一路橫越地表上除了海洋以外的各大洲，但這裡沒有時區差異。沒人睡覺，雖然多數人希望自己能安眠。日光燈在四處提供勻亮的照明。

　　「點名人」進大廳呼叫下一批名單時沒人傷心，相反地，有些人仆倒在「點名人」腳邊哀求被他點名。這些人通常在這裡待了很久，久到無法忍受，尤其是那些因某種不恰如其分的原因而被世人牢記的人。就以在那裡的那位農夫來說，早在兩百年前他就溺死在小河裡，現在他的田地變成一間小規

模的學院，還有導遊每個禮拜向遊客傳述他的故事。為世人念念不忘的他因此悲慘地受困在這裡。他的故事被提得愈多次，真實細節就愈模糊，最後他與自己的名字徹底疏離。這名字不再屬於真正的他，卻繼續與他糾纏在一起。至於剛剛走過去的那個抑鬱女子被頌揚成聖人，雖然她心機複雜。站在販賣機前那灰髮男人先是被捧為戰爭英雄，而後被妖魔化成了軍閥，最後被封為聖徒，只因世人認為他挑起了該時代兩個關鍵時刻的必要戰火。他痛苦地等待自己崇高的地位衰落，好被世人徹底遺忘。這就是死後世界大廳的詛咒：只要我們繼續活在那些仍記得我們的世人的腦袋中，我們就會失去生命的自主權，變成別人希望我們呈現的樣子。

NINE

MISSING

·

想念

關於上帝性別的爭論實在搞錯了方向。我們所說的上帝其實是一對夫妻。祂們決定依照自己形象造人時就談妥，要讓男女性別一樣多。

她創造的每個女性與她雷同。她將女人形塑成她的模樣，並嘗試過各種身高和體重、不同的情感深度和智商，也體會過不同的膚色和眼珠顏色。而他創造男人時也如法炮製。有幾天的晚上，兩人會隨性所至交換任務，由他創造女人，她創造男人，純粹好奇這會有什麼結果。

人類死後會回到祂們的大家庭中，在祂們身邊享受親子天倫之樂。世人全都是祂們的孩子，而祂們也設法精通為人父母該有的技能。

就像父母會從孩子身上學習，祂們也努力從我們這些子民身上成長。譬如祂們不知道如何以方程式來表現其所創造的宇宙，所以當祂們養育出的物理學家首次清晰地將祂們所創造的宇宙解釋給祂們聽時，祂們著實嘖嘖稱奇。

不過另一方面，可別誤以為這永遠都是甜蜜的家庭，事實上祂們也會面臨風雨波折的時候。祂們的婚姻是媒妁之言，相處幾千年後開始不耐煩對方。仔細觀察人類好幾年，祂們學到夫妻有時就是處不來，所以有人分居離婚、外遇出軌，但這些都不會慘到讓宇宙毀滅。所以，帶著向孩子學習的態度，祂們決定分居。

同樣的，祂們也使出各種惡毒招數，以不實指控刺痛對方，挖出不該暴露的隱私彼此傷害。受傷的她為了迅速達到報復之效，創造出只有女人的星球，而他也不甘示弱地回以只有男人的太陽系。她以滿是女人的流星群包圍他的行星系。兩人還給新造的人類攜槍帶械，準備來場男人與女人的戰爭，好好拼個男死女活。雙方武器盡出籠，從尖酸嘲諷到坦克大炮。

不過奇怪的事發生了。行星和流星靜悄悄，拖行的軌道如輕緩低語，悠悠滑過寂寥的宇宙天際。沒戰爭，沒炮火。

　　祂們靠近細瞧，才發現單一性別星球上的人愁眉苦臉，就像存在主義者感覺生命裡某種無法辨明卻極重要的東西失落了。

　　最後，她將挑釁扠腰的手放下，他的手也跟著輕垂。她說出了數月來第一句細語，問他餓不餓，而他則以下廚做菜來回應她的溫柔。男人星與女人星飄浮在一起，雙方展開追求過程、挑逗、抉擇、競爭、誘惑、爭論，最後盡情投入對方懷抱，歎出了宇宙超級大的鬆鬆一口氣。

TEN

SPIRALS

——————·——————

螺旋

在死後世界中,你會發現原來造物主是一種微小、愚蠢、駑鈍的生物。它們隱約像人類,不過體型較小、性格較殘暴,還非常沒智慧。想搞懂你在說什麼時它們會皺起眉頭,看見這種表情,你自然知道應該說慢點,有時還得透過圖畫加以輔助說明。盡力解說到某種程度時,你或許會發現它們雙眼無神但點頭如搗蒜,彷彿完全聽懂你的話,不過沒多久它們就會失去整段對話的脈絡。

　　先提醒你:你在死後世界醒來時,會發現自己被這些生物圍繞。它們會在你周圍推擠、伸長脖子嚷著要看你,然後爭相問你同樣的問題:**你有答案嗎?你有答案嗎?**

　　別害怕,這些生物和善且無害。

你或許會問它們到底在說些什麼？這時它們會皺眉深思，彷彿你的話是深奧難解的箴言，然後怯怯地繼續重複著：**你有答案嗎？**

「我在什麼鬼地方呀？」你或許會這麼問。

這時會有謄抄員拿起紙筆，忠實記載你說的一字一句，以留作日後紀錄。瞭望台上則有這種生物的母女檔探出頭，滿懷希望地凝視著你。

以下這些背景或許可以幫助你了解自己身在何處。

在它們社會發展的某個過程中，這些生物開始納悶，**為什麼我們在這裡？我們存在的目的是什麼？**這些問題實難回答，所以它們決定不直接處理問題，而是打造出一台超級運算機器來找答案，以為這樣會比較容易解開謎底。它們投注了數十世代的心血，終於打造出這款機器：就是我們人類。

這個族群裡的長者以為這是聰明的策略，但它們忽略了一個問題：打造的機器若比自己聰明，就代表他們也會比自己複雜，這樣一來，他們的能力將超越你，讓你無法了解他們。

當人生走到盡頭，皮囊停止運作，你裡面的程式會被上傳到它們的實驗室中以進行研究。而你死後醒來時，發現自己身在實驗室裡，一發出聲音，它們全都聚攏過來問你：**你有答案嗎？**

　　它們不明瞭被丟入地球圈裡的我們可沒有浪費一分一秒：我們建立社會，開築馬路，撰寫小說，發明彈射器、望遠鏡、來福槍，以及各式各樣屬於我們自己的機器。它們沒察覺這些過程，更遑論加以理解，因為它們根本無法掌握我們人類的複雜性。就算你想解釋，它們也無法跟上你連珠炮般所說出的高深話語，所以只能愚蠢地猛點頭。這種無力讓它們感傷，其中較敏銳善感的偶爾還會躲在角落哭泣，因為它們知道自己的計畫失敗了。它們認為我們已經推演出答案，只不過答案之高深實非它們的層次所能理解。

　　它們不會想到其實我們沒有答案給它們，也沒料到我們人類將主要的心力焦點放在替自己找答案。它們沒想到我們會對它們的問題無能為力，也不知道我們打造日益先進的機器是為了處理我們自己的神祕。就算你試圖跟這些生物解

ELEVEN

SCALES

—————— • ——————

規模

有段時間我們擔憂自己與上帝分離，但這種憂慮因為一項預言而大為紓解。這項預言揭露了一項新發現：我們是上帝的器官，是祂的眼睛和手指，是祂用來探索祂所創造世界的工具。原來我們是上帝生物構造的一部分，這種和上帝的深刻聯繫感讓我們鬆了一口氣。

但慢慢地我們愈來愈清楚發現，我們比較不像祂的感知器官，而是祂的內部器官。無神論者和有神論者不約而同地認為，只有透過我們，上帝才能存在。若我們背棄祂，祂就會死亡。一開始我們很驕傲自己能成為上帝身體的細胞，不過後來才明白自己是上帝的癌細胞。

祂不再能控制構成祂存在的一小部分細胞，於是我們乘

機分裂複製。上帝和祂的醫生曾試著抑制我們，但蔓延的腫瘤仍讓祂呼吸困難，並危及祂的循環系統。我們強悍難摧，雖然被暴雨、地震和瘟疫阻擋時會潰散，但很快又能重新聚組，精心策畫下波行動。我們變得更有抵抗力，而且繼續分化。

終於，祂決定和這些癌細胞和平共處，安靜躺在綠色無菌迴廊交會處的床榻上。

有時候祂會懷疑，我們這些祂鍾愛的子民是否因為太渴慕認識祂的身體，而刻意在祂動脈系統四處轉移來經歷祂的偉大？祂相信我們在進行轉移旅程時並沒帶著惡意。

後來祂開始注意到一些事情。雖然祂不能阻止或傷害我們，但有些東西卻能這麼做。祂看著我們分裂成更小規模，看著我們自己變成血癌、淋巴癌、肉瘤或黑色素瘤。祂目睹祂的子民浸泡在化療藥劑中，在放射線治療的光束中烘烤。祂看著人類被構成他們的萬億細胞無情地齧嚼。

上帝恍然大悟地從床上跳起：凡藉由小於自身之物體而造就自己的東西，終將被那些同樣規模的物體所吞噬。

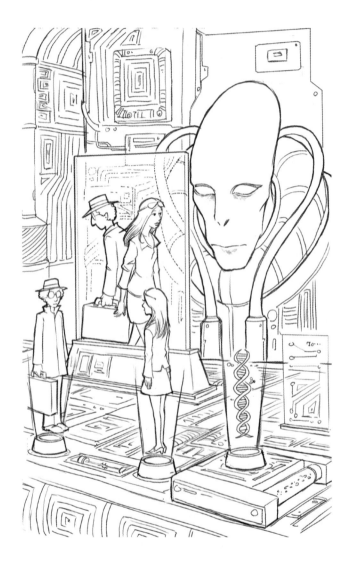

TWELVE

ADHESION

---•---

結合

我們是某種大生物體的產物，這些生物宿營在小行星上，並稱呼自己為「收集者」。「收集者」在宇宙時間裡進行過數十萬億次實驗，將銀河參數以這樣或那樣的方式細微調整。它們每次以極細微的差距調整最基本的物質常數，好讓「大爆炸」時大時小。它們削尖鉛筆，瞇眼湊近望遠鏡，準備好好研究實驗結果。當「收集者」解決了以前不懂的神祕現象後，就會摧毀該宇宙，將物質回收使用，以進行下一個實驗。

　　我們在地球上的生活也是實驗之一，它們希望藉此搞懂人之所以能相繫相守的原因。為什麼有些人的親密關係經營得很好，有些會走不下去？對它們來說，這是神祕大謎。它們的理論家無法看出這種現象的特定模式，心想這應該是很

值得探究的有趣題目。因此，人類的宇宙於焉誕生。

「收集者」以不同參數建立實驗的生活面貌：讓男人和女人彼此投緣卻短暫交會，譬如在圖書館擦肩而過，上下公車時錯身離開，徒留剎那驚歎。

「收集者」想要了解男人和女人交會過後在人群中匆忙各奔東西時，會做些什麼事來改變自己的生命藍圖？他們能扭轉人生的選擇和計畫背後那股驅力嗎？「收集者」把鉛筆鑽入小行星中削尖筆心，準備好好來研究研究。

另外它們也會研究那些不是出於自然相吸，而是因環境驅使，基於責任義務而在一起的男女。這些人若沒有這種共生關係就無法活下去，然而他們雖然被迫結合，但仍努力學習怎樣樂在其中。它們也會研究那些努力抗拒這種關係的人，那些人在最不想要與他人結合時被迫結合，事實上他們不需要這種關係，而且會故意破壞這種關係。

人死後會被帶到「收集者」所成立的專案小組面前，它們會聽取你的報告，費力搞懂你的行為。為什麼你決定脫離「這段」關係？為什麼你會感恩珍惜「那段」關係？這人或那人是

THIRTEEN

ANGST

———— · ————

憂天

身為人類的我們窮盡一生尋找有意義的大經驗,所以當我們皮囊腐壞,去到死後世界,很可能會有大驚喜,因為在那裡的我們巨大無比(以地球生活的標準而言),昂然著數萬公里的身軀,與他人並立在九重天裡。死後的我們以這個龐然身軀醒來,立刻注意到我們那些超級巨人般的同伴憂心如焚。

原來我們在這裡的任務是要維繫撐起整個宇宙。宇宙塌陷在即,我們操控「蟲洞」[1],使自己成為結構支柱。我們力挽狂瀾,避免宇宙大悲劇發生,深怕執行過程有點小瑕疵,宇宙會再次塌陷。我們肩負著錯綜複雜的重要任務。

承擔這項任務三百年後,我們終於得以休假。所有人的休假方式都相同:化身成較低階的生物。我們讓自己變成一

1　蟲洞(wormhole)類似於黑洞,都是宇宙空間扭曲形成漏斗狀的現象。
　　不過黑洞進去後出不來,但蟲洞是雙通的,從宇宙一端進入,可以從宇宙另一端出來,就像蘋果被蟲子咬下後,慢慢鑽入內部而後從另一端出來。
　　不過黑洞已被證實,但蟲洞尚未被證實。

種微渺脆弱的三度空間生物，誕生於一個稱為「地球」的度假勝地。度這個假的目的是為了要獲得一些個人的小經驗。在地球上，我們只在乎眼前。我們看喜劇電影，喝酒聽音樂，建立關係、吵架、分手，找人重新談戀愛。有著人類身軀的我們不在乎宇宙塌陷，只在乎眼神交會、肌膚之親、戀人絮語，只追求歡樂和愛情，只在乎房屋的採光、室內植物的生長方向、油漆顏色和髮型。

我們在地球上度過了美好假期，其中帶著小小的戲劇化過程和忐忑心情。這種清心之旅對我們來說如此珍貴，難以言喻。所以當我們脆弱的小皮囊開始腐敗，被迫結束這趟旅程，經常可見到我們許多人癱倒在太陽風[2]之中，手裡握著工具，濕濡著眼眶望向宇宙，追尋無意義的人生。

2　　太陽風（solar wind）是指原子核和電離子
　　　以高速從太陽往四面八方飛散出去所形成的風，
　　　速度可達一小時兩百萬英里以上。

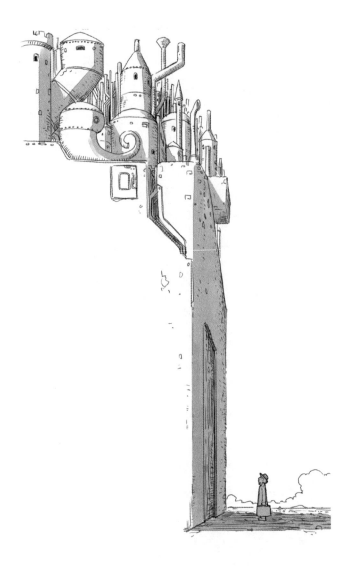

FOURTEEN

OZ

————— · —————

奧茲[3]

初來到死後世界，你會見到一份古代文牘潦草書寫的卷軸攤在眼前，卷軸裡寫著，你現在有機會面見宇宙創世主，只要你是最具英勇膽識之人。你納悶，這創世主到底有多巨大，竟然得有過人勇氣才能站在祂面前。你想像祂的臉大過月球軌道、聲音蓋過百座義大利維蘇威火山的爆發聲響。你甚至開始懷疑，自己有限的想像力或許不足以揣測那靈性的神聖存在。

　　遠方傳來轟隆巨響，你的雙腿開始顫抖。你捫心自問：**我的膽識足以面對這項挑戰嗎？**

　　一場浩壯旅程等著你。途中你面臨恐懼，但一一克服；自我懷疑的念頭波波湧來，你也波波越過；看見心中升起自

3　出自《綠野仙蹤》(*The Wizard of Oz*)系列童話。奧茲(Oz)是一個神話王國，這系列童話就在描述一個小女孩無意間來到奧茲王國所發生的種種故事。

大峰頂，你謙卑地往下爬；瞥見自憐的烏雲遮頂，你邁開大步，走出烏雲。旅程尾聲，你脫胎換骨，重得信心。你相信自己準備好與造物者面對面，親眼一瞥這位宇宙萬物的創世主。

你走向大城堡。即使熬過艱辛來到這裡，天際升起的轟隆巨響仍會讓你疑惑：**我真的是最勇敢的人嗎？我有資格面見祂嗎？**你用力推開城堡大門，走進莊嚴偌大的前廳，沿著迴廊來到巨室。

就在這裡，你見到了祂的臉。果不其然，這張臉大過月球軌道，令人讚歎的程度就連詩人的生花妙筆也難述其一。這張臉是汪洋，蘊含著驚人威力與韻律柔情。看似父親又像母親，擁有上千位智者的知識，也有上千戀人的體貼，還有上千陌生人的神祕莫測。

這張臉值得這趟旅程。這張臉值得讓人窮究宇宙。

你震慄顫抖、出神恍惚，陷入口乾舌燥的狂喜狀態。

洪鐘聲音節節逼近，呼嘯氣息吹得你髮絲後揚。「你勇敢嗎？」

「我勇敢，」你結巴著說：「所以我才會來到這裡。」

那張臉的嘴角略揚，似乎正在笑。

然後你聽見一聲電流般的嗡嗡聲。那張臉在水平的掃描線下開始波動，隨後消失於一陣磷光閃爍中。

袤廣巨室裡徒留一片空蕩，那張臉所在之處僅剩一扇小黃簾。簾子往後拉開，一個皺巴巴的小矮人伸起皺巴巴的手將臉上的眼鏡往上推。這小個子飽受痛風之苦，沉默地顫抖著，手裡拿著裝滿彩色藥丸的玻璃罐。駝背的他佝僂又禿頂。你們兩人相視對看。

他說：「可以面對那樣大的一張臉不算勇敢，真正的勇敢在於能承受祂的消失。」

FIFTEEN

GREAT EXPECTATIONS

————— · —————

滿心期待

資本主義社會的自由市場制度帶來了快樂結局,讓我們終於能決定自己的死後世界。這個世界已被私有化和電腦化,所以只要付點合理價錢,你就能將自己的意識下載到電腦,永恆地活在虛擬世界裡。透過這種方式,你可以選擇一個節奏快速、痛快激昂的死後世界,來睥睨反擊消逝的生命之光,並在這個世界裡實現你的所有夢想。你可以事先決定想要的戀人,放恣施展你的性魅力,開著各款保時捷跑車馳騁於電子霓虹閃爍的城市裡。你可以讓自己變得肌肉結實、膚色健美,連小腹也平坦緊繃。放眼望去,還有不計其數的處女雀躍地等著你的臨幸。手機和噴射衣是標準配備,熱鬧繽紛的雞尾酒派對二十四小時不停歇。

可想而知，所有人都排隊等著預訂這種前衛的死後世界。現在沒人會讓自己漸漸老去，成為餵養蛆蟲的腐屍，因為現在人類好命多了，不僅能挑選自己的死亡時刻，還能設定一個一切皆可能的死後世界。不過仍有些人不來排隊登記，這些都是虔誠教徒，宣稱自己在等候天堂來臨，想像人死後會去到聖經所描繪的世界中。這家老早就揚棄上帝觀念的「死後世界創造公司」試圖告訴這些信徒，他們的幻想已經蒙蔽他們，讓他們見不到既有的真實處境，但信徒說，上帝賜給他們的最大禮物，就是讓他們有能力見到肉眼所見之外的事物，有能力相信那些比俗世更崇高的東西。該公司駁斥，這不是禮物，這是陷阱，就像分明已經有個完美戀人，卻仍妄想得到遙不可及的電影明星。那些信徒不願意加入該公司，最後只能淪落在寂寥的醫院病床，病痛垂老而死。

至於我們其他已預定前衛死後世界的人，進入虛擬死後世界的過程無苦無痛：設定的死亡時刻來臨，你就進入該公司的辦公室，斜靠在紅色的牙科躺椅上，護士向你保證，你會覺得只是閉上眼睛，睜眼醒來後，就發現自己到了華麗璀

璨的虛擬死後世界。技師按下按鈕，你立刻被雷射光束擊成粉末，然後在具有「超執行緒技術」[4]的處理器上，透過一叢叢的0和1，你的腦袋被重新複製成另一個三度空間的結構體。

　　該事先提醒的警告只有一點：神經科學家和發展出這種技術的工程師無法證明這套系統有效。畢竟被雷射光束擊碎後的物體不可能回來報告成效。不過，眾人都同意下載的過程不會出錯：因為根據所有物理理論我們得以預測，只要重構出一模一樣的腦袋，應該就能精準複製出該腦袋所接收到的感覺。所以大家都假設這套做法行得通。

　　遺憾的是，事實上這是行不通的。失敗不是因為工程師技術不佳，或做這種生意的人無恥無德，而是因為人類對宇宙體系有了錯誤的認識。人類的本質（該公司不相信有「本質」這種獨立於肉體之外的東西）無法被下載到電腦中，人一死，本質就脫離肉體往天堂迅速揮發。雖然你很興奮地以為能決定自己的死後世界，但到頭來卻發現上帝存在，而且祂費盡千辛萬苦，早就替我們打造了死後世界。死後的你一醒來，發現自己身上裹著白色寬袍，躺在柔軟的雲朵中，四周

4　超執行緒技術（hyperthreading）是電腦處理器公司英特爾（Intel）的創新技術，
　　能提高性能，讓一顆CUP模擬成兩個處理器來操作。

環繞著撩撥豎琴的天使。

　　問題是這並非你要的。你付了一大筆錢，希望在死後世界能享有可以風馳電掣的跑車、迷倒眾生的魅力、盡情飲酒、縱情性愛。但現在的你所身處的天堂，卻無趣乏味到讓你好生絕望。你穿的是不合身的白袍，而不是可以對抗地心引力、帶你一飛沖天的噴射衣。放眼望去只有無止境的白色廊柱，不見霓虹閃爍的電子城。筵席上擺設的是嗎哪[5]和牛奶，而不是壽司和清酒。豎琴演奏的音樂緩慢到讓你想抓狂。死後的你仍舊平庸不起眼。待在這裡的人無所事事，只有左邊那個大胖子正在玩橋牌。

　　人類的這些不滿讓上帝很尷尬，現在祂只得花許多時間來安慰散布在雲端的子民。「你們的幻想讓你們無法看清事實。」祂苦惱地絞擰著自己雙手這麼說：「那家公司並沒證明那套做法行得通，你們怎麼會相信呢？」其實大家都知道夜晚祂躺在床上時心裡怎麼想，雖然祂沒說出口。祂心想：祂賜給人類一個好禮物，讓人有能力相信不可見的死後世界，但現在這個禮物卻反而回過頭來對祂造成傷害了。

5　　嗎哪（manna）是指古代以色列人出埃及，流浪在曠野時，上帝賜給他們的食物。
　　根據《聖經》〈出埃及記〉第十六章：「野地面上有如白霜的小圓物……
　　摩西對他們說，這就是耶和華給你們吃的食物。」

SIXTEEN

MIRRORS

·

鏡子

你以為自己死了，事實上沒死。死亡分成兩階段。嚥下最後一口氣醒來的剎那，你所見到的是煉獄。這時的你不會覺得自己已死，看起來也不像死了。的確，你沒死。還沒死。

或許你以為死後世界會有柔和的白光，或者波光粼粼的海洋，要不就是整個人飄浮在音樂中。其實，死後世界比較像起身太快而暈眩，在那片刻的迷惑中你會忘了我是誰，忘了自己身在何處，也忘了自己整輩子的所有細節。從這裡開始，感覺才會變得比較奇怪。

首先，在令人目盲的刺眼亮光中，周遭黑暗一片。你感覺自己的壓抑被滑順沖逝，全身力量被卸除。現在的你什麼都不能做。你開始失去自我，連帶地你的自尊也緩緩飄走。

然後你失去了自我參照的記憶。

你正失去你自己，卻似乎不在意。

現在的你只剩一點點，只剩一小部分的核心：赤裸的意識，如嬰兒般毫不遮掩。

要了解死後世界的意義，你必須記住，每個人都有多重面向。每個人多半活在自己腦袋裡，看別人遠比看自己更真實。所以你得靠別人替你拿起鏡子，讓你看清自己來引導人生。別人稱讚你的優點，批評你的缺點（他們的看法經常讓你驚訝），藉此指引你的人生方向。我們對自己的認識如此貧乏，以至於看見照片中的自己，或聽見語音留言中自己的聲音，總是驚訝得難以置信。

你的存在多半發生在別人的眼睛、耳朵和指尖上。現在死去的你雖然離開人間，但仍存放於四面八方的他人腦袋中。

而在這個煉獄，所有你生前曾接觸的人全都聚集在這裡。散落在他人腦袋中的你在此匯聚整合。一面面鏡子大剌剌擺在你面前，毫無修飾地映照出真正的你。第一次，你清清楚楚看見自己。終於，你真正的死亡從這裡開始。

SEVENTEEN

PERPETUITY

永恆

如果死後醒來，發現自己身在住宅郊區，你就知道自己是個罪人。這麼說不是因為這裡的居住環境不佳，事實上這裡好得很，光電視頻道就有好幾台可以選。四周還住著偶爾往來互動的鄰居。架子上擺滿了書，一本本都是令人難以置信的精彩冒險故事。這裡的孩子有學校讀，大人有工作做。職業生涯很輕鬆，日用雜貨超便宜。

你知道這就是所謂的天堂，這裡離上帝很近。唯一令人不解的是，所有你知道的好人都不在這裡。撒馬利亞人般的見義勇為者[6]、聖人、寬厚慷慨者、利他主義者、無私無我者，或者樂善好施者都不見人影。你納悶，他們是不是都被送到更好的地方去了，譬如超級天堂，不過隨後發現這些人

6　根據《聖經》〈路加福音〉第十章，有個人落在強盜手中，被剝去衣裳丟在路邊。
　　祭司走過不理睬，利未人走過也不理會，
　　「惟有一個撒馬利亞人行路來到那裡，看見他就動了慈心……」
　　自此「好撒馬利亞人」（good samaritans）就成為基督教文化中的辭彙，
　　代表善心人、見義勇為的人。

竟然都在棺材裡腐爛，被蛆所嚼食。只有罪人才能在死後繼續享受生命。

關於上帝這樣的安排有諸多理論可以解釋，每個人都有自己的一套說法，而這問題也成為烤肉野炊時常見的閒聊主題。為什麼我們被賜予這樣的死後世界？上帝很少造訪我們，顯然祂不怎麼喜歡住在這裡的人，不過祂就是想要我們繼續活著。

在咖啡館的女人認為，祂讓壞人活著就像羅馬人豢養神鬼戰士：總有一天我們會因為祂心血來潮，想看人類廝殺而上場打鬥至死。至於剛越過街道的那個鄰居則說，上帝留著我們，是要我們替祂跟隔壁宇宙的上帝打仗，因為只有罪孽深重的人才能成為有用的戰士。

他們的說法都不對。其實上帝過的生活和我們非常類似。我們不只依著祂的形象被創造，也依著祂所處的社會情境被創造。上帝花了很多時間追求幸福快樂，祂也看書、努力提升自我、從事各種活動來打發無聊時間、設法維繫消褪的友誼、思考是否還有些事情該做。這樣的日子過了數千

年，上帝變得愈來愈尖酸刻薄，什麼都滿足不了祂。永恆的祂被無止無盡的時間淹沒，祂開始羨慕人類如蜉蝣般短暫即逝的生命歷程，所以祂決定詛咒祂憎恨的那些人，要他們跟著祂一起在永恆裡受苦。

EIGHTEEN

THE UNNATURAL

——— • ———

非自然死亡

你來到死後世界，這裡的技師說，眼前有大好機會等著你，你可以要求做任何改變，帶著心願回到人間重新活一次。小手冊建議你，或許可以選擇讓自己高個幾公分，或者許下讓地球上每個人更具幽默感、讓鳥會說話之類的心願。然後你可以回到地球親眼看著你的願望實現。他們很驕傲地告訴你，這是一項前所未有的經驗教育計畫。

剛剛經歷過自己葬禮的你很想提出一項聰明的請求：你希望自己能讓死亡從地球上徹底消失。

先提醒你：若你真的提出這項請求，會有好心的技師把你拉到一旁，告訴你，在你上次重回地球時，就已經許過這個心願了，到頭來還是失望。

你這麼說是因為我這個願望會讓你沒飯碗？ 你這麼問。

不是。 技師回答。

還是說死亡是無可救藥的必然過程？ 你追問。

不是。 技師回答。

既然如此，那我還是希望能實現這個願望。

隨便你。 技師說。

於是下輩子的你成為醫療方面的夢想家，你宣稱人類可以不須經歷死亡，並成功大舉募得研究經費。你撰寫電腦程式，在病毒出現之前，先計算它們所有可能的變種形態，研發出預防醫藥來防止病毒產生。你研究每種藥物對正常的身體週期所造成的精確作用。終於，你積極對抗死亡的計畫成功了。在一位得了不治之症的老太太嚥下最後一口氣之際，你終於得以大聲宣布，她的死將是人類最後一樁自然死亡。全世界歡天喜地盛大慶祝人類終得長生不老。就算生病也能像年輕時迅速痊癒，世人終於擺脫死亡陰影。你受到全人類的稱頌擁戴。

然而，到了最後，就像技師警告的，你的成功褪色了，

不再有光彩。大家逐漸明白，沒有死亡，人生就沒有動力。長生不老到頭來變成鴉片劑，人類的成就大幅滑落，大家成天只會打盹，再也不見行色匆匆。

為了重拾過往曾經生氣勃勃的日子，大家開始給自己設定自殺日期，這是對過去生命有限的熱烈嚮往。預訂死亡之日的做法顯然優於過去不知何時大限將至，因為現在人類有機會道別，有機會處理房子等遺產。這種做法有效了好一陣子，果真重燃動力，幫助人類把握生命，不過時間一久，大家就開始不怎麼認真看待了。倘若生命出現新的重大發展，譬如有了新戀情，大家會直接把自殺日期往後延。漸漸地，延後自殺日期的人逐漸增多。現在只要有人重設日期，其他人就會取笑他們之前嚷嚷著要死不過是喊假的。自殺該遵守的社會壓力變得非常大，終於，在這套制度被濫用多年後，政府開始立法，明文規定不准更動自殺日期。

最後，讓人感激的不只是生命變有限了，而且大限之日若能突如其來，人類會更有動力珍惜當下。所以大家不給自己設定明確的死亡日期，而是設定可能死亡的期間。透過這

種新制度，朋友會幫忙舉辦驚喜派對，就像生日派對，只不過在這個派對中，朋友會從沙發後面跳出來幫你終結性命。由於我們不知道何時朋友會替自己舉辦死亡派對，所以過往那種把握當下、及時行樂的人生態度又回來了。不幸的是，在死亡立法的保護下，開始有人濫用驚喜派對來結束敵人仇家的性命。

最後，一大群暴徒闖進你的醫療機構，踢掉電腦插頭，再度歡天喜地盛大慶祝，只不過這次慶祝的是最後一個非自然死亡的人。而你，到頭來還是又回到死後世界的等候室，等待著技師。

NINETEEN

DISTANCE

———————— · ————————

距離

死後的你發現自己來到了遍地牛奶與蜂蜜的美地：這裡沒有貧窮、飢餓或戰爭，只有綿延起伏的山丘和小天使，還有引人陶醉的旋律繚繞。你發現自己被准許問造物主一個問題。

有人鄭重其事地領你進入耀眼閃爍的宮殿穿堂。走入大廳，你的造物主就高居於寶座之上。祂四周的明亮光芒幾乎刺傷你雙眼，讓你無法直視祂。

儘管如此，你仍勇敢地站在祂面前開口詢問：「為什麼您住得離我們人間如此遙遠，不和我們一同住在人世間的溝渠裡？」

祂聽見問題後楞了一會兒，顯然很久沒人這麼問祂了。雖然刺眼亮光讓你看不清，但你知道祂慈祥的雙眼已淚水

盈眶。

　　祂深思地望向天空。「有段時間我的確住在你們人間。」祂回答：「我不是個活潑享樂的神，不過那時我在人間的確有幾個住所，分屬在不同國家。所有鄰居都認識我，每次一去，他們就熱情地跟我揮手，大家都很喜歡我。

　　「從我所處的制高點，我可以充分掌握人間溝渠裡的一切，請容我套用你所言。我享受地走在我創造出來的每吋土地上，嗅聞大地芬芳、撫搓指間土壤，幸福地住在塵世中。

　　「然而，有一天，我回到其中一個住所，發現窗戶全被打破了。」

　　深陷回憶的祂痛苦地扭曲著臉。

　　「之後第二個住所也同樣慘遭破壞。我不知道誰做的，也不清楚他們為何這麼做，但我明白自己曾受的敬重逐漸消失了，人類開始不把我放在眼裡。有天早上我醒來，甚至發現有人守在我家車道前。」

　　祂陷入沉默，雙眼朦朧，沉思出神。

　　這時你清清喉嚨，問祂：「從那時候起你就住在這裡嘍？」

「我來這裡的理由和醫生穿白袍制服一樣，」祂回答：「這樣做不是為了我自己，而是為了你們好。」

TWENTY

REINS

——— • ———

統治

來到死後世界的你首先注意到這裡紕漏連連，譬如好人竟然下地獄，壞人上天堂。你走到服務台前想問明白，卻發現當班的女人冷漠又傲慢。她要你自己去第七號的隊伍排隊，在那裡填寫申訴表，然後交到第三十二號櫃台。隊伍中的你和排在身後的女人聊起來，這時你才發現死後世界早就歸委員會管。

　　原來打從上帝的工作量大到失控，祂就被奪權了。當時人類開始為所欲為，通姦橫行、罪愆攀升。上帝這才發現自己沒有掌管大組織的技能。祂的子民大量繁衍，以無法置信的速度數倍擴增，造成祂管理死後世界的工作量大到難以負荷。祂必須對全世界每個人做紀錄，不斷更新他們的罪孽或

善行。上帝想認真關照到每個子民，記錄時振筆疾書之快，甚至有火花從筆下冒出來。雪上加霜的是，慷慨仁慈的上帝連動物也不放棄，努力替牠們打造快樂適切的死後世界。所以祂愈來愈疲憊，但仍堅持不讓自己對萬物許下的承諾打折扣。祂連一個嬰兒、一隻動物或昆蟲都不遺棄。祂不願縮小自己的責任範圍，既然許下承諾就堅持實踐。

輔佐祂的天使眼看著整個運作體系快瓦解了，起初他們擔憂地望著祂，但隨後就散播出異議聲音，讓上帝知道若沒有他們，祂什麼事都辦不成。隨著體系更加混亂，他們開始醞釀奪權陰謀。每次人類發明先進技術，那些天使就會善用科技來讓死後世界的運作更自動化。到了1970年代，他們已經用過不計其數的打孔卡，1990年代則將整個過程交由電腦倉儲系統來處理，到了千禧年，更架構了成熟的組織內部網路系統，讓他們可以即時地追蹤每個靈魂的處理過程。上帝開始被冠上老派的稱號，而且掌管死後世界的權力也從祂緊繃的掌心逐漸滑落。

門前冷落車馬稀。寂寞的祂覺得自己被誤解，只好常常

邀請黑人民權運動領袖馬丁‧路德‧金恩和印度聖雄甘地坐在露台泡茶聊天，共同感歎他們被越俎代庖，眼睜睜看著自己發起的運動到頭來比自己這個創立者更出鋒頭。

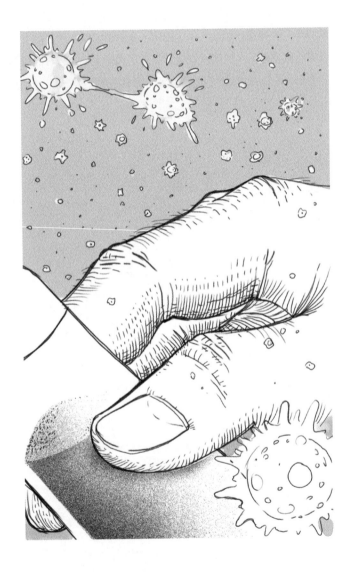

TWENTY-ONE

MICROBE

——————·——————

微生物

人類沒有死後世界。我們一死，肉體就開始分解，原本住在身體裡的成群微生物開始朝向更好的居所移動。或許你因此以為上帝不存在，其實不然。祂存在，只是祂不知道「我們」的存在。祂沒察覺，是因為我們和祂處在不同的向度空間。上帝只有微生物大小，祂不是外於我們且高高在上的東西，而是存在於我們的表皮肉體和細胞中。

　　上帝依自己的形象創造生命，祂的子民就是微生物。它們和寄生的宿主長期抗戰，進行著共生與感染的政治角力，維繫著自己族群的優越勢力。這就是上帝的棋盤：邪惡雙方在表面蛋白、免疫力和抵抗力的沙場上對戰。

　　在這種脈絡下，我們的存在反倒成了異常狀態。它們賴

以維生的我們沒有侵害到這些微生物的生命模式，所以沒能受到它們注意。我們既不是天擇演化所挑選出來的，也不是神聖微雷達所能鎖定的目標。上帝和祂的微生物子民意識不到我們人類所發展出來的豐富社會生活，也察覺不到我們的城市、喧鬧和戰火。它們對我們這層次的互動一無所知，正如我們對它們毫無所悉。就算我們屈膝祈禱，但決定永恆獎懲的仍是那些微生物。對它們來說，我們的死亡既沒啥好留意，也不為它們所察覺。我們的死只是讓它們必須重新尋找食物來源。所以，雖然我們人類假設自己處於生物演化的最頂端，其實說到底，也只是具有營養素的某種基質。

但別絕望。

我們有很大力量可以改變它們的世界。

想像你挑選了某家餐廳吃飯，不經意間將身上的微生物從指尖傳到鹽巴罐，透過鹽巴罐又傳給旁邊的人，正巧那人登上國際班機，將那微生物帶到了北非的突尼西亞。對那些失去家人的微生物社群來說，那個微生物的失蹤是迷霧一團，所以它們經常深感命運捉弄過於殘忍。它們向上帝祈求

TWENTY-TWO

ABSENCE

——— • ———

缺席

天堂看似眾人所形容：聖地牙哥般湛藍的天空下，滿園花草和蟲獸，還有天使在旁撩撥豎琴。但是當你一抵達，卻發現處處破損失修，花園裡蔓草叢生，天使憔悴地坐在破毯上，凹陷的豎琴前擺著紙杯要零錢，見你走過，隨手撥彈歌謠乞討。氣候溫暖，天空卻灰濛。

上帝走了。大家紛傳，許久前祂說自己會很快回來，然後就步出天堂一去不復返。

有些人認為，上帝根本不打算回來。有人說上帝瘋了；有人斷定祂仍愛我們，只不過被叫去創造另一個宇宙。另外有人說祂發怒了，還有人說祂得了阿茲海默症。有人認為祂忙著睡午覺，有人以為祂肯定去度大假了。有人說上帝不想

管人類了，但有人說上帝仍在乎，只不過祂已辭世。有人認為，追問上帝去哪裡沒意義，因為事實上根本就沒上帝，這地方很可能是外星人建立的，哪有什麼神。有人問，我們是否該藉由人類尚未明瞭的客觀科學定律解釋死後世界，不過也有人預言，上帝隨時就會返回，他們甚至明確指出祂歸來的日子正是我們的千禧年。而或許這個午後，祂就在開車返回的途中。

不管祂缺席的理由為何，總之沒多久花園就蕪蔓成叢林。大家堅持各自的消失理論，彼此爭鋒相對，激辯之詞如黑色雲葷團團升起。後來，有人發現在花園彼端有上帝的舊足跡，並對該足跡進行放射碳含量的年代測定，以確認足跡烙印的日期。不過沒人同意那人推論的結果。

然後，不可思議的事情發生了。有人開始爭吵、有人開槍掃射、有人放炸彈。在天堂的神聖平原上竟然烽煙四起。新人一報到，立刻被推入軍事基地，施以武器作戰訓練。正如這裡眾人所言，天堂不再是以前的天堂了。人類帶著戰火來到天堂。

這場新宗教戰爭不是為神的定義而戰，而是為了爭神在何方。新的十字軍戰士對那些相信上帝正要回天堂的異議人士發動攻擊，新的聖戰士拿炸彈炸那些不相信上帝有另一個宇宙要照顧的人。認為上帝正受病痛之苦的人，與認為若說上帝會苦痛就是褻瀆上帝的人之間，爆發了新三十年戰爭[7]。至於那些打從一開始就堅信上帝不存在的人，和那些認為上帝正與女友去浪漫度假的人之間，則爆發了新百年戰爭[8]。

　　這就是歷史，這就是為什麼你現在會站在這株葉落光禿的樹下，耳邊有機關槍聲，鼻子被化學武器橘劑嗆得刺痛，還有火箭筒燃亮夜空。四周落葉紛墜，你指間緊握著血染的塵壤，忠心地為你堅持沒上帝的信念而戰。

7　　三十年戰爭（1618-1648），羅馬帝國新舊教之爭，是史上首次歐洲大戰。
8　　百年戰爭（1337-1453），英法的領地之戰，是史上最長的戰爭。

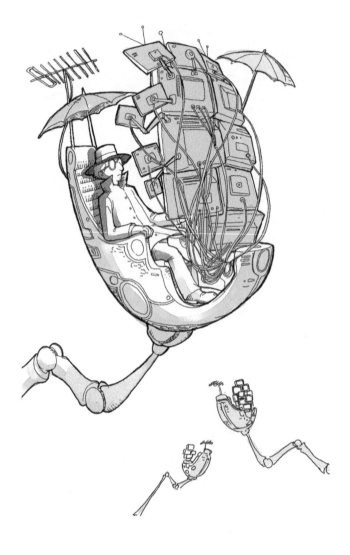

TWENTY-THREE

WILL-O'-THE-WISP

·

浮生若虛夢

來到死後世界，你被邀請坐在舒適的大客廳，裡頭有皮革座椅和一整排電視螢幕。就著這幾百萬台刺眼的藍色螢幕，你看著人間景象一幕幕上演。音量可以透過耳機調整，藉由遙控器還能改變高空攝影機的鏡頭角度，以精準地捕捉世人的一舉一動。

所以，雖然你不再是人間的一分子，卻能監測所有事物。如果你以為這會很無聊，那就大錯特錯了。這些螢幕裡的畫面其實很誘人，會讓你欲罷不能。你找到最佳觀看方式，開始沉迷其中，想看清楚子孫過得如何，想看到他們生活裡各種有趣的細節。一坐下來，螢幕上的畫面就會完全抓住你的視線。

理論上，你可以自由選擇觀看任何事物：單身男女關起門後的隱私活動、破壞分子的祕密計畫、戰場上的沙盤推演。

然而，我們所有人想看的只有一個：我們死後在世界留下的影響和漣漪。你開始追蹤由你一手打造或領導的組織的後續興業、看著別人閱讀你捐贈給當地宗教團體的那些書而點頭讚賞。你看著淘氣不馴的粉紅鞋女孩爬上你栽種的楓樹上。這些都是你在人間留下的指印。或許離世了，但你的痕跡猶存，更幸運的是你還能親眼看到它們。

你感到萬般欣慰，因為這些故事會長期放映下去。你可以從監視螢幕看見孫子成了志向遠大的劇作家，他在公園長凳上沉思，快速寫下靈感。除了能監看當下，你還能長期追蹤他的成就。在你觀看這段期間，會有女侍推著擺有咖啡和三明治的推車，走到你身邊提供餐點，所以只有晚上睡覺時，你才需要起身離開螢幕。隔天早晨回到螢幕前，你以會員卡刷過戒備森嚴的大門，然後選擇一張舒適的椅子，準備度過螢幕前的一天。

不過有個麻煩：每個人會員卡的有效期限不同，一旦到

期，就不能進入影像大廳。那些不得而入的人在建築物外繞圈徘徊，他們嘟嚷抱怨，踹踢沙土。**我們以前不夠善良嗎？**他們問。**為什麼我們被關在外面，其他人卻能在裡面觀賞？**

他們也很想知道自己的遺風對人間有何影響，想看看兒孫的發展，親眼目睹後代光耀門楣。但被阻絕在外的他們只能相歡相憐。

其實他們沒見到事情全貌。他們被隔在外頭，所以不用知道自己生前全心投入的組織逐漸凋零，人數日益稀微。他們毋須見到摯愛的人受癌細胞折磨而消瘦，也不用發現原本意氣風發的劇作家孫子到頭來一事無成，更不須見到病痛的他開車想去醫院求助，卻在路邊嚥下抽搐的一口氣後孤獨離世。他們不用看到道德淪喪、曾孫輩改變信仰，以及血脈日益凋零。他們不用見到摩西、耶穌和穆罕默德步上冥神歐西里斯和萬神之王宙斯及雷神索爾的後塵。

但這段期間他們卻不滿地踢土抗議，不了解自己被阻隔於人間的未來，其實是一種祝福。因為這時，罪深孽重的人被詛咒成天坐在電視的藍色螢幕前，目睹人間不堪的每一幕。

TWENTY-FOUR

INCENTIVE

———— • ————

誘因

就算藉由現代演繹技術之助，人類也不可能想像死亡是何種感覺。不是因為我們缺乏洞識，而是因為死亡的概念是捏造出來的。事實上根本沒有「死亡」這種東西。等你走到生命某階段，當你遇到以為自己將一命嗚呼的狀況，譬如嚴重車禍，你就會豁然了悟。你會很驚訝自己毫髮無傷，而周遭那些目睹意外的人會笑著扶你起身，拂掉你身上的玻璃，解釋原委給你聽。

事情是這樣的，原來這些人都是演員。你和他們的互動是根據他們的觀點寫成的劇本而發生的。你的「死後世界」，如果你想這麼稱呼的話，就是這場遊戲的開始。

真相揭露的這一刻對你來說一定很難受。**天啊**，從撞爛

車骸中起身的你心想，**那我的愛人算什麼？我們的愛情又是什麼？難道夜空下的戀人絮語都是虛假？還有我那些朋友全是演員？連我父母也是找人喬裝的？**

別沮喪。事情不像你想得那麼糟。如果你以為別人全是演員，只有自己被蒙在鼓裡，那也不盡然。這世上大概有一半的人是演員，另一半就像真相揭曉前的你，都是「受惠者」。所以你的戀人也很可能跟你同樣天真，而現在你有責任成為她的演員，免得她覺察戀情起變化。所以你彷彿成了出軌的一方，努力強迫自己表現出正常的模樣。除了戀人，你可能還得替其他「受惠者」演戲，譬如你的上司、司機或侍者。

身為演員的你，可以見到幕後世界。當你和某受惠者談完話，離開房間，你會發現自己來到後台等候區，那兒有著二乘四呎的板子斜撐地頂著湊合拼釘出來的背牆。後台等候區有沙發可休息，還能從自動販賣機買點心。你和其他演員閒聊等著出場，下個場次是中午十二點五十三分，你要出現在地鐵站和某人不期而遇。

每次上場前，會有人給你手卡，上面約略寫著該場次的情節。一般來說指示都很模糊，譬如手卡上只寫著假裝遇見某個受惠者而大感訝異。或者假裝你剛才買了一隻狗、假裝自己因工作而心事重重。不過有時指示會很明確，譬如你必須在和人聊到某階段時，提起某本新書書名或某個共同朋友的名字。而在那個禮拜內，其他演員很可能也被賦予相同任務，如此一來，該位受惠者就會被導向某個新想法，或者決定安排和那位朋友見面。

你得背熟自己拿到的簡短腳本。當你走出上個場景的門，你會出現在接下來需要出現的任何地方：餐廳洗手間、已有友人等候的美術館禮品店，或者和另個演員手挽著手在熙攘的人行道被人看見。對受惠者來說，每道門背後都是他們抵達前一刻才臨時搭建起來的。而對演員來說，世界的每道門都是進出後台等候區的出入口。我們不知道導演如何建構這樣一個動態世界，更遑論了解他們的背後目的。我們只知道，在這裡當演員的義務終會結束，屆時我們就能移往更好的地方居住。

你或許不願在受惠者面前不斷扯謊，你或許會對著可與導演說話的對講機吼叫，說你不要跟著他們一起玩弄這種欺騙伎倆。這種反應很常見。不過很快地你就會平靜，認真扮演自己的角色。我們不了解導演，但知道他們很厲害，能讓我們乖乖去做原本不想做的事情。

　　為什麼我們要認真地演戲？為什麼我們不罷工，將真相抖出來？原因之一是你愛人臉上的深情。她的生命因著你而有無預期的情緒波瀾，她深信終有緣分會讓你們相遇，讓生命出現美好的愛情。你成了她眼眸裡款款深情的俘虜，成了她相信世界有瑰麗希望的奴隸。

　　話雖如此，你之所以將角色演得栩栩如生還有更深層的原因。如果你好好演戲，就能更快結束這份演員工作。表現良好者可獲贈的獎勵是「無知」：他們可以轉世成為完全被蒙在鼓裡的受惠者。你可以不斷威脅要揭開真相，但導演很有把握你不會這麼做，他們知道你會徹底違背良心繼續隱瞞下去，就為了自己最終能回去變成受惠者。

TWENTY-FIVE

DEATH SWITCH

———— · ————

死亡轉轍器

沒有死後世界，但死後的我們以另種方式活在虛無中。

在電腦發展初期，人類腦子帶著電腦密碼而逝，所以沒人可以看到他們保存在電腦中的所有東西。倘若這些資料很重要，那麼無法接觸資料的公司就只好被迫停止運作。於是程式設計師發明了死亡轉轍器。

透過死亡轉轍器，電腦會每週跟你要一次密碼，以確定你仍活著沒死。若有段時間沒輸入密碼，電腦會推論你已不在人世，然後將你的密碼以電子郵件自動寄給公司副首。這時轉轍器還會將你在瑞士的銀行帳戶透露給繼承人知道，接收你與人爭論時對方丟過來的最後一句話語，並全盤托出你生前無法說出口的祕密。

很快地，世人萬分感激死亡轉轍器，因為這提供了大好機會，讓他們得以電子方式向人間道別。將死的人不輸入密碼，轉而開始設定電腦，讓它寄送電子郵件給親友來宣布自己的死訊。「當你們收到這封信，顯然代表我已經死了，」信件會這麼起頭，「我要利用這封信說出我一直想說卻未能說出的話……」

沒多久，大家就發現可以自己設定未來某天要發送出去的訊息，譬如，「八十七歲生日快樂。雖然我已經走了二十二年，不過我仍在此祝福你天天快樂。」

後來，大家開始更進一步利用死亡轉轍器。他們不在電子郵件中宣布自己的死訊，反而假裝自己仍活著。透過能聰明分析來信的自動回覆系統，死亡轉轍器可以捏造理由來婉拒邀請、寄出恭賀信件給家有喜事者，或者寫信說自己期待下次能有機會見到某人。

而現在，利用死亡轉轍器來假裝自己沒死的做法已經成為一種藝術形式。死亡轉轍器甚至被設定成能偶爾發個傳真、讓銀行戶頭相互轉帳，或者上網購買最新出版的小說。

最先進的轉轍器還能追憶與人共有過的旅程、交換某次有趣的惡作劇回憶、開開自己人才聽得懂的笑話，或者吹噓當年勇、重提畢生難忘的經歷。

透過這種做法，轉轍器給死亡開了個宇宙超級大玩笑。人類發現自己不能阻擋死神，不過至少他們可以在死神飲料裡吐口水。

這項發明不啻對墳墓的死寂掀起了大革命。問題是對活著的人來說，卻讓我們日益難辨誰死誰活。電腦二十四小時不停運轉，隨時都能寄送死者的社交書信：祝賀、慰問、邀請、調情、辯解、閒聊，以及自己人才懂的圈內人玩笑。

社會走向清晰無疑：多數人早就離世，我們是少數僅存者。等到連我們也死，等到我們的死亡轉轍器啟動，整個世界將只剩下先進的網路訊息交換系統，訊息四處傳遞卻沒人讀信。闃寂眾星環圍著一個無聲無息的地球繞轉，人類社會只剩下電子郵件咻咻咻地來回交換。

所以就死後世界的本質來說，根本沒有死後世界存在，然而就人類之間所存在的事物來說，確實有死後世界。哪天

外星文明真的無意間來到地球，它們一定立刻就能了解人類是什麼，因為屆時地球僅剩的關係網絡能讓它們一目了然：誰愛誰、誰較勁、誰欺騙、誰在旅程途中及度假的晚餐上和你一起哈哈大笑。每個人與上司、手足和戀人的關係都被蝕刻在電子公報上。死亡轉轍器對人類社會的模擬如此徹底，以至於整個社會網絡都被重新建構。地球的記憶就在電腦的0和1之間倖存下來了。

如此一來，我們就能無限期地重新回味與親友的笑話，彌補過去沒機會說出口的好話，重憶現在已無人可感受的愉快人間經驗。現在回憶靠自己存活著，因為沒人會遺忘回憶或厭煩往事重提。我們都很滿意這種安排：在死後世界中，或許唯一要做的就是追憶在世的榮光。

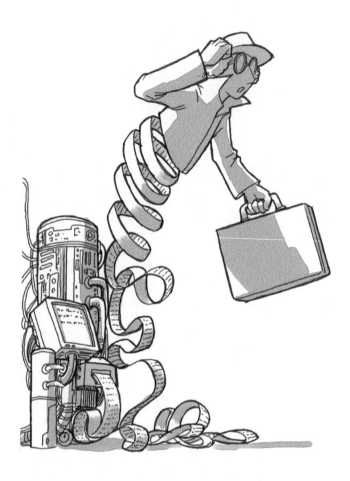

TWENTY-SIX

ENCORE

·

加演的人生

雖然死後世界的概念由來已久，但這概念的充分實現不過是上世紀的事。以前雖有死後世界，卻幾乎不曾運作過。

　　要了解這點就必須明白：你的造物者只有一種天分——我說的是創造。雖然以前我們以為祂會嚴密監視人類，但事實上祂沒興趣觀察判斷人類行為。造物者不會觀察我們的行為舉止，祂們對這些根本不在乎。直到後來，祂們又有機會做祂們拿手的事：創造，才開始有興趣觀察人類。在這第二階段，祂們被稱為「重造者」。這時祂們的目標是要找出你在世期間的所有資料，模擬出一個你，重構出你在人間的每個日子。祂們將這當成具挑戰性的任務，為的是要看看自己是否能從你身後留下的成疊資料中複製出一模一樣的你。

祂們開始追蹤你的出生、婚姻和死亡紀錄。對多數人來說，幾百年前資料開始記錄時，才有死後世界的出現。後來祂們也追蹤你留在電話公司的紀錄：撥出的每通電話以及受話對象。連你以信用卡做的每筆交易都被掌握，並分析交易時間、地點和內容。這些重造者分析你在人間出現的每個影像片段：在超商買咖啡、在提款機領錢、接過文憑證書、不經意出現在別人的家庭影帶成了背景畫面，還有坐在長椅上看籃球賽吃熱狗。

　　祂們是資料大師，每一筆資料都能讓祂們對你的描繪增添色彩。透過來源可信度以及與其他資料比對所呈現的一致性，祂們會對每個資料打分數。數百萬件資訊被匯集，祂們精確重構出這些資訊，並與其他資訊進行充分的關聯分析，因此就算你從這些資訊消失，祂們也能建構出堅硬外殼來保存你的完整樣貌。

　　從學校紀錄，祂們可以精確估計出在你生命某階段所具備的知識，還會將這些資訊與詳細的歷史資料相佐證。祂們重新創造出當時的你每天見到的事物，製造出對你造成影響

的世界大事。

從資料叢林的深處，祂們可以推演出你各段愛情關係發展的正確日期：何時開始、何時結束、每段之間是否重疊。重造者從你填寫的每份表格、你在網路上打下的每個字句，以及你收到的每封郵件來了解你。為什麼有人感謝你、有人責備你、你的愛人向你徵詢什麼意見、你的朋友請你幫什麼忙。你在哪些郵件名單中，還有你的報稅資料。

在上一世代中，死後醒來很容易發現自己只是被模擬出來的東西，因為屬於你的細節少之又少，多數日子裡的空虛感覺會讓你知道自己不過是以前那個自己的廉價複製品。但現在屬於你的資料詳實又豐富，重造者可以天衣無縫地複製出生前的你，所以死後的你本質上就是原始的你的完美複製品。這種感覺如此真實，以至於在死後世界中，你幾乎不懷疑自己是否曾這樣活過，只是偶爾出現的似曾相識感覺會令你迷惑。即使手裡握著一本書，你也不知道這是首次閱讀，或者重現亙古以前的經驗。

TWENTY-SEVEN

PRISM

—————— · ——————

稜鏡

打從一開始，上帝就決心要讓每個人參與死後世界，不過這計畫構思得不夠完整，祂很快碰到了年齡的難題。來到死後世界的人應該呈現出幾歲大？要讓老奶奶以她去世的年紀來到這裡，或者准許她以年輕時能被初戀愛人認出，卻讓孫輩認不得的樣貌出現此處？上帝認為讓人類以壽終時的狀態出現不盡公平，因為這時多半已色衰力盡。但讓所有人以青春之姿出現又行不通，就怕死後世界很快會墮落成放肆縱情的大淫窟。若以中年面貌出現，恐怕死後世界會變成只有孩子、貸款等話題的無趣世界。

終於，上帝在看稜鏡衍射出的光芒時，靈機一動，想出最巧妙的解決方式。祂讓去到死後世界的人分割成不同年齡

時的各種自我。原本只有單一身分認同的「你」，現在同時化身成各個年紀。這一個個的你不會變老，永遠都凝止在當下狀態。於是，這些你超越了時間侷限。

這種方式讓一些人得花點時間才能習慣。不同的你或許會在雜貨店巧遇，就像人間的兩人無意中碰面。你的七十六歲自我來到最愛的小溪時，或許會看見你的十一歲自我。你的二十八歲自我在餐館和愛人分手時，會看見三十五歲的你重返舊地，悔恨地流連在那張空椅前。

一般來說，不同時候的你很高興彼此相遇，因為你們有著同樣的姓名，共享同樣的生命歷史。不過這些的你對自己比對別人更苛刻不滿，每個你都很快發現自己一些蝕骨難改的習慣。

這就是死後世界的真相。所以當你發現分身成不同年齡的你竟彼此更疏離，也別太訝異。

你會發現八歲的你和三十二歲或六十四歲的你之間的共通性，遠少於你的預期。十八歲的你和七十三歲的你所具有的共通性，比不上你和其他十八歲的人的交集。七十三歲的

你已經雲淡風清，不介意只能和同年齡的他人激盪出有意義的話題。除了名字相同，不同年齡的你沒什麼可共通的。

別灰心，這些的你所共有的生命履歷，譬如父母、出生地、家鄉所在地、學歷和第一個吻都具有懷舊的吸引力，所以每一個你會三不五時地聚首。來自各年齡層的你聚在一起，就像家庭聚會。相聚時，中年的你會高興地捏捏年輕的你的臉頰，而處於青少年的你會禮貌地傾聽年長的你的人生閱歷和建議。

從這些聚會就可看出一個個的你想尋找彼此的共通點，想到這畫面就令人感動莫名。一開始他們將你的名字當成統一的架構，隨後逐漸了解這個存在人間的名字、這個跨越不同身分認同的你，就像從不同樹木所收集來的一捆柴枝。他們逐漸驚歎發現，活在世間的各種身分竟這麼複雜難解。最後，不同的你驚顫地做出結論：在世時的你已經徹底消失，沒保存在死後世界。他們終於承認：你不是單一的你，是所有年齡的你，但也什麼都不是。

TWENTY-EIGHT

INEFFABLE

———— · ————

難以言明

戰爭終了，士兵解甲，同袍分離，觸動死別之情：這是沙場
最後一次不見血的死亡。劇終幕落，同樣的情緒也縈繞在演
員心頭，因為數月共事而凝生的某種超越個人的東西方才消
逝。營業時間終了，店家關上大門；議會殿堂結束最後一場
會議，參與者緩緩離去。他們感覺自己參與了某種遠大於個
別小我的東西，透過直覺，他們知道這東西有自己的生命，
即使那東西難以具體言明。

死亡並非人類所獨有，任何存在的萬物萬事都得面臨
死亡。

而且任何曾享受過生命的事物也會享受死後世界。因此
同袍、戲劇、議會和店家不會徹底畫下休止符，它們只是轉

移到不同空間向度。它們被創造出來且存在一段時間，所以根據宇宙法則，表面上終了的它們會繼續存在於不同的領域中。

雖然我們很難想像這些事物如何互動，不過它們的確在死後世界一起享受了多采多姿的存在狀態，彼此交換各自的冒險旅程。它們笑著聊起歡樂時光，也像人類哀歎生命短暫。在它們的故事中不會出現創造出它們的人類，事實上，它們對你所知甚少，正如你對它們幾無所悉。一般來說，它們不知道你的存在。

對你而言，這些事物竟能脫離創造它們的人類而續活著，簡直就是謎。其實原理很簡單：死後世界是由靈魂所構成。你不會帶著你的腎臟、肝臟和心臟去到死後世界。人一死，就會脫離那些原本構成你的五臟六腑，靈魂獨立而出飛離人間。

這樣的宇宙設計或許會嚇到你：人死後，構成肉體的所有原子都會悲傷哀悼。它們已相聚多年，不論是以薄寸肌膚或脾臟細胞的形式。雖然你死了，但它們不會隨之消失，而

是分道揚鑣，往不同的方向各自離去，然後哀歎之前大家共生共享的那段時光就要逝去，流連在個別小我曾參與過之更大東西的感覺中。這東西有自己的生命，這東西難以具體言明。

TWENTY-NINE

PANTHEON

————— • —————

萬神殿

上帝不只一個，而是有眾多個。每個上帝掌管不同的領域。先人的文明窮究智慧，認為上帝掌管戰爭、愛情和智慧等領域，但其實不然。事實上祂們的分工更為精細。任何由銠製造出來的東西歸一個上帝管，還有上帝專門管旗幟，另有上帝管細菌。此外還有電話上帝、泡泡糖上帝、湯匙上帝：祂們是龐大神界官僚體系中的要角。

即使分工精細，也經常有擺不平的領域。這些領域就是主要行政體系中的互動關係，而這些體系正決定了世界乃以隨機漫步方式[9]發展。每件有趣的事物都發生在各權力領域的交界邊境上。

所以你在高興這宇宙畢竟還有上帝的神聖意圖時，或許

9　隨機漫步理論（random walk）是指一種數學研究，
　　此研究要探討的是一些根據目前的狀態而隨機變化的現象
　　（如分子的運動、股價的波動）。
　　根據其變化的軌跡所構成的方程式來預測在某一條件之下，下一個可能的狀態。

也會失望地發現：眾上帝之間意見分歧。上帝數量過多，多到祂們無法享受這樣的宇宙結果，只能在統計模式的短暫誤差中偶爾喘個息。

　　正如希臘人所揣測，上帝間的競爭比人類還激烈。在激烈競爭中，出頭成功的機率太微渺，所以祂們之間瀰漫著濃濃的嫉妒敵對氛圍。知道自己不是巨大全能的祂們，努力讓自己脫穎而出被人聽見，誰教自己無來由而具備的天賦有侷限，手中握的牌不過那些。祂們發現自己被拋入與陌生人互動的茫然大海中，得努力在嫉妒的競爭網絡裡讓自己嶄露頭角。許多上帝心想，自己若能在較有意義的規模層次上施展抱負，肯定能開創出一番大作為，不過，祂們發現自己終究繼續被困在遠大志向的私我本質中。

　　近期很盛行的理論是：人類之所以沒被上帝摧毀，全是因為祂們沒能力彼此協調。事實上祂們愛人類，並竭力保護人類。每次祂們覺得競爭得精疲力竭，就會坐下來看看人類的塞車，看著每個駕駛如何朝向自己在城市中的私人天地而努力前進，並透過一層層的玻璃和鋼板讓自己與他人隔離。

的方式稍稍抽搐時，或許你們兩個誰都沒發現，但你腦袋裡的潛意識已經注意到了。對於腦袋深處的某些部位來說，這個被察覺的抽搐會引發一連串變化：交纏的基因鏈打開、蛋白質活躍起來、交接的神經突觸進行新的排列組合。這些變化都在你的意識下好端端地運作著，不為你所察知。你頂著腦袋瓜過日子，卻不知道裡面發生了什麼事。就是這類爆走的神經活動，使得你的身體立刻釋放出費洛蒙，雖然意識察覺不到這種化學物質，不過它卻開始對坐在你旁邊那位女士的神經系統產生相當程度的影響。沒多久，她開始不自主地輕輕點起她的左腳，縱然只點那麼一次，但此舉又被坐在她對面的遊客所感知，繼續引發該遊客腦袋裡的一連串反應。

藉由這種方式，訊息以令人難解的速度在人類龐大的網絡間穿梭，而我們每個人都不知道自己成了訊息傳遞的信使。伸出一根手指抓帽子下緣的無意識動作、乍起的雞皮疙瘩、眨眼的瞬間，這些舉止都帶著訊息，引發下個階段的反應。人類的歷程就是訊息在節點之間穿梭的龐大網絡，而對個人來說，就是一個節點所構成的巨大網格電腦[10]之上執行

10　以眾多電腦來執行過去傳統超大型電腦的功能，
　　這種新的運算形態稱為網格（grid）。

著的絕妙運算。

　　然而，有隻沒預期到的電腦臭蟲悄悄爬進程式中，導致電腦出現那偉大程式設計師未能預期也沒發現的異常運算，這臭蟲就是人類的意識。地球上所有一切事物都依循著既定的程式規畫而運作，然而在深深的程式碼叢林底下，卻隱藏著我們人類的愛慕、厭惡、隱瞞、崩潰、興趣、欲望、高興、渴求、嚮往和期許。「愛」不是設計你腦袋時本來就要有的規格，它只是在運算之餘一個討喜的意外。

　　程式設計師沒察覺到我們那種有意識的生活，以為我們不過是祂們的運算罷了。理論上，只要運算系統的資源有點不正常耗損，就算探討這個盤根錯節的問題耗時又費力，祂們也有能力去找出原因。但祂們卻不為這事苦惱，反而因此得意洋洋。某些祂們不了解的事情發生了：這網格電腦的力量以令人目不暇給的步伐一直往前邁進。

　　祂們發現了這件不可思議的事情，節點的原始設計是用新人換舊人，以達到零成長。祂們知道「人」這種節點終究會耗損掉，所以給人類裝上有鎖頭與鑰匙的自我複製機制，時

機適當，便可派上用場。但祂們沒預見人類這產物會出現這種反常的運算方式，更不知道那會意外地在節點內製造出深刻的孤寂感、對伴侶的強烈需求，以及持續不斷追求戲劇性冒險的欲望和滿足感。人類的交合繁衍使得網格的規模急速擴增，節點數量從幾千竄升到數十億。某個遠超出程式設計師所能理解的原因致使人類節點的長度發展到非常誇張的程度，還能自行成長，自行轉動開鎖的鑰匙。在程式設計師所設計的所有星球中，我們人類的星球是具有超級運算能力的金童，人類世界演變成一股無以名之的巨大能量，足以照亮整個銀河系。

THIRTY-ONE

QUANTUM

———— · ————

量子

在死後世界中，萬事萬物同時呈現所有可能的狀態，即使這些狀態相互抵觸也並存無誤。剛從人間而來的你深感訝異，因為在人世間，選擇其一，就得放棄其二。當了某人的愛人，就不能成為別人的愛人；選擇了某扇門，其他門就等於不存在。

在死後世界中，你卻可以同時享受所有可能，平行過著多重生活。你發現自己可以既吃又沒吃，既打保齡球又沒打保齡球，既騎馬又同時連馬都沒靠近。

有個藍天使輕輕飛降到你身邊，想了解你在死後世界適應得如何。

「對我這個不靈光的人類腦袋瓜來說，這裡的一切真令人

迷惑。」你老實對天使說。

天使搓搓自己下巴,「或許我們可以透過簡單一點的方式來幫助你輕鬆了解,就從你的專長著手吧。」他這麼提議。

於是你立刻被同時賦予多重工作。你現在身兼多職,而這些工作全都是你年輕時考慮過的職業。你替太空梭的發射倒數之際,也站在陪審團面前替犯罪的客戶辯護。洗刷雙手以便進行膽囊手術的同時,又開著十八輪的大拖車奔馳在新墨西哥州的州際公路上。人世間的時空限制全都消失。

「工作實在太多了。」你這麼告訴天使。

「或許我們該先讓你從簡單一點的情境開始。」他想了一下說:「那麼,在密室和一個愛人獨處呢?」

於是你來到這裡。既和她說話,又想著別的事,而她既委身於你,也同時不屬於你。你既討厭她但也愛她。她崇拜你但又懷疑自己會因此錯過其他人。

「真是謝謝你,」你告訴天使,「這種情境我就習慣多了。」

THIRTY-TWO

CONSERVATION

———— • ————

蓄勢待發

我們對「大爆炸」[11] 所進行的推演基本上錯了，事實上宇宙並非源於大爆炸，而是某個夸克[12] 在平靜無聲狀態下無意間製造出來的產物。

數千個千禧年過去，天地仍是一片渾沌。一顆孤單的粒子寂靜地飄浮於渾沌間。終於，它移動了。就像所有「基本粒子」[13]，它知道自己可以在時間向度裡朝任何方向隨意移動。它在時間向度往前疾衝，回頭一望，才發現自己在時空蒼穹的畫布上揮抹出一道筆痕。

它往另一個方向衝過時間向度，看見自己又留下另一道痕跡。

於是這個粒子開始在時間向度裡來回穿梭，留下的足印

11　大爆炸（Big Bang）又譯為大霹靂，這是關於宇宙起源的理論之一，
　　根據大爆炸理論，宇宙是140億年前由高溫高密度的狀態爆炸之後演變而來。

12　夸克（quark）是美國物理學家葛爾曼（Murray Gell-Mann）於1964年提出的概念，
　　他認為中子、質子裡面還有一種更基本的物質，他將這種物質稱為夸克。

13　基本粒子（elementary particles）通指能以自由狀態存在的最小物質，
　　譬如二十世紀初期，電子、質子和中子就被認為是基本粒子，
　　而後夸克理論提出，推翻之前的說法。

就像畫家鉛筆筆尖下一次一次的塗繪，單獨乍看毫無意義，但片刻之後一幅畫於焉告成。

但你若以為我們人類是透過某種較大的整體而相連，你就誤解了。事實上，我們是因較小的粒子而相繫。你身體裡的每個原子是同個夸克在相同時間下穿梭在不同空間的結果。我們的小夸克就像發狂的磷光槍，向四度空間發射出磷光來塗繪出世界面貌：樹上的每片葉子、汪洋中的每個珊瑚、每個車胎、每隻乘風翱翔的飛鳥、全世界男女頭上的所有髮絲。放眼所見，全是同一顆夸克在它自己所創造出的時空高速公路上奔馳而留下的傑作。

接著它以戰爭史詩、愛情和放逐之題寫出世界史。它編織故事，讓情節自行發展，熟能生巧的夸克成為日益有天分的說書者。故事愈說愈細膩，主角還會面臨複雜的人性道德掙扎，至於反派被塑造成壞得有魅力。夸克從自己長期飄浮在空蕩宇宙的孤寂經驗中尋找靈感，創造出這些寂寞人物：頭沾枕的少年、從咖啡館望向窗外的離婚女人、觀看政論節目的退休人士，這些都成為夸克親身經歷的代言人。

然而夸克不會只侷陷在孤寂的主題上，它發現自己描繪的愛情故事和性愛場景不夠多。於是它開始從關係錯綜複雜的愛情故事中孕育出下代子孫。時空蒼穹的畫布上，分鏡腳本裡的出場人物愈來愈多。夸克也會專注地全面關照到每個故事的邏輯流暢性。

　　而後，在一個物理學家會稱為「衰微之日」的午後，夸克突然有了頓悟。它驀然明白自己已江郎才盡。它的故事在它鉛筆極速的筆觸下，變得過於巴洛克和洛可可風，繁複花俏多於實質內容。

　　就從這天起，世界開始趨向不完全的狀態。夸克沮喪地接受事實：唯有自己保留力氣，才能讓戲唱下去。它知道若只著墨於會有人觀看的物體，它就能繼續說故事。於是它開始執行「蓄勢待發」計畫。現在遼闊草原和大山大水只在有人欣賞時才繪出，沒潛艇梭巡的海面下就不用繪圖，至於無冒險家探勘的叢林也無須畫出。

　　這些蓄勢待發的措施在你出生前已經就位。然而現在狀況日趨惡化，即使有這項計畫，夸克仍覺得自己像一根蠟燭

兩頭燒。人類的歷史開始變得漫無目標，也雜亂蔓生，搞得夸克保留的精力幾乎被消耗殆盡。

很快地，夸克雖不願也必須承認，自己真的無法繼續說書。於是物理學家開始警告人類要有心理準備，世界末日即將來臨：我們會看到樹葉稀疏、男女髮禿，而夸克畫筆下的動物也變得愈來愈粗線條。夸克繼續衰微。終於，有天你走到某個熟悉的轉角，發現那兒的建築物消失了。之後有一天，你會望穿臥房消失的牆壁位置，看見你半成形的愛人。

這是物理學家提出的預言。不過我們夠幸運，因為他們的計算稍微有誤。在他們的方程式中沒考慮到一項事實：夸克太愛我們，不會讓末日發生。它在乎它創造的萬物，知道我們發現真相後會傷心欲絕。

所以人類命運稍微起了不同的變化。現在世界會在睡夢中結束，夸克創造的萬物在當下位置蜷縮休眠。早晨穿西裝開車通勤的人會在方向盤前酣睡。高速公路上的車流、火車和地鐵都會緩緩呈現靜止狀態。上班族慵懶地臥倒在辦公大樓的走廊上。世界各大首都的廣場逐漸靜默。麥田裡的農人

打起盹，這時飛到半空的昆蟲也像雪花紛落。達達的馬蹄停歇，馬兒放鬆成睡姿。枝椏上的黑豹收起下顎，屈向爪心中。世界就這樣結束，不是砰然一聲而是呵欠連連：惺忪呆滯、心滿意足，我們沉重的眼皮成了劇終落下的帷幔。

透過這方式，夸克摯愛的產物就不會目睹接下來發生的事：世界衰亡、地球解散。隨著夸克動作愈來愈遲緩，它的每道筆觸愈來愈稀疏，最後世界變成只有線條陰影的木刻畫。熟睡的身軀成了透明網，身軀另一側可被看穿。隨著筆觸淡薄，柏油高速公路僅有寥落幾許黑線裝飾，路面底下全無，然放眼卻見地球直徑遠的距離外，地球的另一側展露眼前。世界畫布上僅剩薄弱的輪廓素描。猶存的筆觸色彩一絲一絲從細膩格線中消失，整個宇宙成了闃黑的一片空無。

最後，虛脫孱弱的夸克緩緩在無垠的空無正中停住。

它在這裡從容喘息，得再等上好幾個千禧年，才能恢復精力，重拾信心，再次拿起畫筆。所以沒有死後世界，只有長久的止歇。在這段止歇期間，我們所有人都活在粒子的回憶深處，就像蛋裡的受精卵等著破殼而出。

THIRTY-THREE

NARCISSUS

自戀水仙

來到死後世界，你才清楚得到答案，知道人活在世間的目的
為何：身為人類的使命是為了收集資料。我們被播種到地球
上，作為移動式攝影機。配備了先進鏡頭，透過光的波長來
分析形狀和景深，以捕捉高解析度的畫面。雙眼鏡頭被裝置
在身體上，身體帶著這雙鏡頭到處移動，登高山、鑽深穴、
越平原。此外還配備著耳朵以接收空氣壓縮的聲波。另有大
片肌膚感知層來收集溫度和觸感資料。還有顆能想像分析的
頭腦，讓身軀不受限地移動，飛上雲霄、墜入深淵、飄然登
月。從山頂瞭望大地的每雙眼睛都幫忙收集了一小部分的廣
大地表資料。

　　我們被「製圖師」放到這裡，祂們的聖書就是我們所說的

地圖。我們的天命是要踏遍地表每吋土地。漫遊時，我們將接收到的資料吸入感知器官中。此即人類存在的唯一理由。

在死亡那刻，我們會在簡報室醒來。在世時所收集到的資料會在這裡全數下載，並與前人收集的資料進行交叉關聯分析。「製圖師」可藉此將千百億的畫面整合起來，繪製出動態且高解析度的地球面貌。祂們許久前就知道，想畫出地球大小般的地圖，最好的方式就是在地球上放置無數個耐操耐用、能自行繁衍而且會自己移動到地球各角落的小型儀器。為了確保人類會竭盡所能踏遍地表，「製圖師」把我們設計成永不知足、渴望貪婪、具七情六欲，又有旺盛的生殖力。

和以前的移動式攝影機不同，我們被設計成能站立、能伸頸，能轉動鏡頭去看細節，還會心生好奇，自主地構思出提高移動性的新方法。人類這個儀器最聰明之處，在於我們開疆闢土的作為並非起初設計時就被賦予，而是在物競天擇的自然演化下，為了克服地表各種多變難測的地貌，而發展出因地制宜的策略。「製圖師」不在乎誰活誰死，只在乎人類鏡頭的涵蓋範圍能最遠最廣。我們的屈膝祈禱讓祂們惱怒，

因為這樣會降低資料收集的速度。

　　我們在無窗的巨大圓頂房內醒來，楞了半晌，才知道自己不是來到雲朵裡的天堂中，而是身在地球最核心處。「製圖師」的體積遠小於我們，畏光的祂們住在地底深處。我們是祂們建造過的最大儀器，對祂們來說，我們巨大無比，足以跨越溪流、攀登巨石，所以我們是祂們用來進行地球探險的最理想工具。

　　有耐心的「製圖師」慢慢將我們推到地表上，千年來，看著我們像墨漬逐漸擴散在地球表面，直到每個角落都染上人類膚色，直到每吋大地都受到人類這尊精巧移動感應器的注意。

　　製造出人類這款移動式攝影機的工程師從控制中心估算我們的進度，他們恭賀自己大功告成。現在只須等著人類窮盡一生，將資料感應器瞄向每吋土地、每層岩塊，以及遍布的樹林。

　　起步順利，然而「製圖師」看到結果卻深受挫折。因為人類這些移動式攝影機雖然涵蓋範圍能遍及全世界，壽命歷程

也不算短，但對「製圖師」來說，這些儀器收集到的資料卻鮮有用處。因為人類不將精巧攝影鏡頭對準地表萬物，而是直接對準其他鏡頭。偉大科技被這麼平凡利用，真是諷刺。儀器希望自己敏感的肌膚能被撫觸、靈敏的空氣壓縮聲波感應器能接收戀人絮語，而非重要的地球資訊。雖然他們具有耐操的戶外設計，但他們卻將精力花在蓋屋，就為了讓自己和其他儀器能依偎其中。雖然足跡廣袤，但他們選擇流連小地方。就算彼此分離，也會製造溝通網絡來相見。

　　日復一日，心情日益低落的「製圖師」攤開無止境的卷軸，呆看著那些毫無用處的資料。至於主任工程師則被解雇，因為他創造出的工程奇蹟竟然只會擷取自己的影像。

THIRTY-FOUR

SEED

————— • —————

種子

雖然我們稱頌上帝是設計大師，但事實上祂的技術不足以讓祂名副其實。祂是因為創造出一群形狀各異的原子，才無意間弄倒宇宙第一張骨牌，造成後續的電子雲聚合、分子激增、蛋白質環繞，而後細胞形成並像鴛鴦相依相偎。祂發現讓地球與太陽保持適當距離，藉由陽光的溫烘，地球自然就能形成生命。說祂是造物者，其實更像是走好運的分子修補匠。祂只不過創造了宇宙形成的原始物質，之後「創世」過程就自然地於焉發生。

祂和我們一樣，會因驚奇的自然生物現象而感動不已。祂經常整個下午悠閒漫步於叢林樹穹下，或者踱步於海床底，陶醉在出奇的自然之美中。

人類一踏上感受的不歸路，就開始震懾於祂的雷霆萬鈞，以及祂讓暴風奔馳、火山爆發的樂趣。祂沒料到自己製造的這些效果，會在人類這個美麗新物種之間，造成如此大的驚畏與迷惑。祂不想居不配得之功，然而掌聲不請自來。祂開始發現人類對自己不受限的愛難以抗拒。很快地我們就成為祂揀選的子民。

　　祂和我們一樣，一旦深思起內臟器官的完美和諧、全球氣候的運作，以及海洋物種的稀奇，就會嘖嘖稱奇，因為祂也不知道這些到底是如何發生的。好奇聰明又具探險家性格的祂想追尋答案，然而祂被人類過度崇仰，只能壓抑追尋的念頭，順著人類的意，假裝整個創世過程都是根據祂的計畫，而且不再更正祂所犯的錯誤。

　　最近祂遇上沒料想過的問題：人類變得愈來愈聰明。雖然我們曾經很容易懾服，初次見到火時甚至會咬指關節，瞠目結舌，但我們已經開始以方程式來取代迷惑。我們以前為之驚奇的把戲現在能被推演出來，物理定律能預測出正確答案，人類曾經投降的智識領域現在全有了更好的解釋。我

們所掌握的自然界理論複雜詭異，連上帝都繃緊神經想詳加了解。

於是上帝陷入困境。古籍提到上帝將祂的驚歎傑作全賜給埃及，以至於現在的祂開始有點戒心，因為祂已經沒多少本領可展現。祂甚至擔心若祂試圖表現，會被我們看破手腳。祂就像原本只有孩童觀眾群的業餘魔術師，突然必須表演給多疑的成人看。這種現象反映在上個千禧年上帝的奇蹟慢慢減少。高貴的祂不屑虛張聲勢，況且想到被人拆穿自己只有玩票本領，就夠令祂不安了，所以上帝和祂最鍾愛的子民開始保持專業上該有的距離。就在祂遠離人類之際，聖者和烈士以上帝的行銷團隊之名，乘機補上空隙。現在祂很羞愧，怎麼沒趁早阻止他們，反而隱退一旁，任憑他們滔滔不絕天花亂墜。

幸好這故事有個快樂的結局。祂最近終於能面對自己的侷限，願意和人類更親近。祂在天堂基地仔細研究人類，開始了解祂的子民完全能體諒祂的處境。每觀看一處就發現奇怪的現象：孕育生命的父母對孩子的掌控力卻有限；勤政愛

民的政客卻將國家帶往黯淡的未來；愛意濃烈的情人可以不知承諾代表什麼就結婚成家。祂研究無意間能同時表現出友誼、創意、懷孕、商場交易和車禍的時機。祂了解每個人都是不經意撞倒骨牌，沒人知道骨牌一倒會引起什麼效應。

在死後世界中，上帝有祂無意間創造出來的子民溫暖的陪伴，現在祂自在舒服地安坐著，像個老爺爺看著長桌前的滿堂子孫，萬分驕傲，些許驚喜，還沒來由地升起一股責任感。

THIRTY-FIVE

GRAVEYARD OF THE GODS

———— · ————

眾神之墓

死後世界是最終審判，所以我們以為這裡不會有動物，畢竟牠們可不能為自己的行為負責。幸好我們想錯了。沒有動物的死後世界肯定會很寂寞。我們很高興發現這裡滿是動物，有蚊子、袋鼠及其他種種生物。抵達這裡後，我們環顧四周，看來這裡的生物都延續著生前的存在狀態。

你開始明白永恆不死這種恩賜也會應用在我們人類所「創造」的物品上。所以死後世界裡有手機、馬克杯、陶瓷小擺飾、名片、燭台和鏢靶。至於被銷毀過的東西，譬如拆解以回收有用零件的海軍船艦、報廢的電腦、淘汰的家具，全都變得完好如初，以提供死後世界所需。世人常言：生不帶來死不帶去。事實截然相反，人類製造的所有東西都會成為死

後世界的一部分。被創造的，就會留存。

令人稱奇的是，這套理論不只應用於有形物質，也適用於精神層次。所以人類所創造的諸神也會陪著來到死後世界。獨坐在咖啡館的你或許會遇見雷謝弗，祂是閃米特人的瘟疫神暨戰神。祂前額長出瞪羚頭，若有所思地望向窗外來往的行人。也或許在雜貨店的貨架間，你會遇見巴比倫的死神涅加爾、希臘太陽神阿波羅，或者印度吠陀教的破壞之神魯特羅。在購物中心你會見到火神和月神，還有掌管性愛與繁殖的女神，連捧地戰馬和逃脫奴隸的神也有。雖然祂們微服出巡，不過那巨聲身形和獅首、多手或爬蟲類尾巴等特徵，還是讓人一眼就看出來。

祂們很孤寂，主要是因為祂們失去了膜拜的信眾。祂們以前或擅長治病，或擔任陰陽兩界溝通的靈媒，或賑濟穀物、保護虔誠信徒，甚至替他們復仇，而現在卻落得連名字都無人知曉。祂們從未要求被人類創造出來，最後卻發現自己落入陷阱，亙古都得困在死後世界中。這裡偶有一小群人瘋狂崇拜老神，不過這種風潮通常曇花一現。這些神祇知道

到這個地步吧：與過去對祂們屈膝膜拜的庶民同樣需要住所。

　　所以夜幕降臨，無家可歸的寂寞眾神全躲到遠遠的城市邊陲相互取暖，躺睡在大片綠油油草地上。若你對歷史和神學有興趣，就會喜歡走在這片青草地，看著放眼望去盡是遭人遺棄、無聲躺臥的眾神，數量多到綿延至視線外。你在這裡或許會偶遇菲律賓塔加拉族的天神巴薩蘭‧梅卡波，以及祂的宿敵蜥蜴神巴卡納哇。既然已經沒人在乎祂們之間的交戰，孤單的兩神索性共飲一瓶寂寞的酒。在這裡也能見到吐木群島的光神艾提和祂的兒子塔內。當年正值黃金歲月的塔內，從祖先雷神法圖悌瑞手中獲得能讓祂弒父奪位的那道閃電，而現在卻一家三代並肩圍坐。弒親之恨早已消弭，因為三代神都委靡不振。還有，這位是毛利人的暴風雨神塔霍利馬提，之前祂整輩子都在懲罰兄弟拆散雙親蘭吉和帕帕塔努庫，而現在已經沒信徒的祂，連暴風威力也跟著消失，只好在平靜天空下和兄弟打牌。這一點那位是非洲矮黑人的天神孔瓦恩，祂正抓著那把由兩條蛇製成的弓，因為祂仍相信凡人會把這把弓看成彩虹。至於這位則是日本神道中的火神軻

174

遇突智，據說祂一出生就把母親燒死，不過祂的祝融威力現在只剩微淡煙燻味可聊表證明。

這群神祇、這部神話百科大全就像博物館，具體示證了人類的創造力。資深的神祇習於高高在上看人類，而資淺的神祇則因自己原本被膜拜尊崇的地位一晃眼就遭遺棄且淪落為觀光產物，忍不住心痛難過。

眾神雖然相聚於此，其實祂們無法忍受彼此。突然發現自己來到死後世界的祂們很困惑，但心中仍深信自己握有權柄。祂們侵略他神，讓自己竄升成王，現在也仍宣稱自己至高無上。事實上，這裡無法讓祂們享受位居層峰的優越，有的不過是同為「天涯淪落神」的相濡以沫。

在死後世界只有一件事讓祂們欣慰。這些神祇以報復心和折磨手法聞名，所以祂們發現自己在這個也算地獄的死後世界中，還挺讓人刮目相看的。

THIRTY-SIX

APOSTASY

———————— • ————————

叛教

來到死後世界的你遇見上帝，喜出望外地發現原來祂是女性，而且模樣迥異於人類的想像。她擁有各宗教所描述的神的特徵，但展現的神聖威嚴卻又超出各宗派之述。她就像盲人所描述的大象，各部位都說得出，卻不知整體模樣。

　　她將「真理之書」遞給你，從她閃爍的眼裡你看得出她很喜悅。這本書清楚且嚴謹地記載著你終其一生會問的問題，沒有哲學漏洞或疏忽之處。你看著她雀躍地將此書遞給你，但也不免懷疑，或許在她內心深處，會害怕有某位頭腦特別清楚的神學家猜中宇宙真理。所有線索都在書中，只不過你的個人背景會阻礙你發掘真理。她看著人類被偏誤和傳統觀念阻礙而無法清楚思考神學問題，大大地鬆了口氣。唯有透

過文化來遮掩真相，她才能繼續保有崇高地位，在死人來到她位於下個時空向度的國境時，繼續每天告訴人類宇宙的大祕密。

她心想，若人類能徹底撼動傳統、摒棄童謠、打破祖先的傳說，他們就能清楚地得到正確答案。所以她經常特別注意那些叛教者，那些拒絕固有宗教、轉而尋求某種更具真理之事物的人。她不喜歡這些人，因為他們很可能提出正確解答。或許你會因此以為上帝喜歡虔誠教徒，沒錯，她是喜歡，但理由不是你想的那樣。她喜歡他們只是因為他們在智識上不具冒險性格，即使答案錯誤也照樣全盤接受。

她把來到死後世界的人分兩邊，叛教者站在她左側，虔誠信徒站右側。叛教者被趕入往下墜的電梯，而信徒繼續留在天堂裡。每天她會迎接來自兩千種宗教的信徒新人，看著他們研讀「真理之書」，等著他們陶醉在喜悅震顫中。

然而她的計畫出錯了。現在她的真理已無法說服人類。新來的信徒非常鎮定地繼續堅持自己來到時所帶著的信念，絲毫不願接受上帝提供的那種會讓他們與整輩子的生活脈絡

相隔離的真理。最後她發現再也沒有人膜拜景仰她，她只能
孤寂地流連在無神論者所聚集的無垠雲朵裡。

THIRTY-SEVEN

BLUEPRINTS

藍圖

人類期望能在死後世界找到生命藍圖。幸運的我們果然在這裡被獲贈一項天啟大禮：有機會看見構成生命的基本密碼。

一開始，我們看見自己竟是由一大群數字組成或許會很驚訝。我們在死後世界正常過日子，但從心靈之眼向外眺望，卻見一大群數字綿延到視線外的四面八方。這些數字代表的是我們生活的每個層面。在廣袤的數字平原中，我們見到數字七組成的島嶼、三組成的叢林，還有零所構成的溪河支流。

你和戀人互動時也見得到屬於她的數字，以及代表她和你互動的數字。她嬌嗔地噘起下唇想引起你的注意，你的數字吸收到訊息後，會如疊羅漢的雜技表演者一個個滾落。數

字像瀑布般嘩啦啦滑落，接著你的雙眼定焦於她，甜言蜜語以空氣壓縮的聲波由喉嚨竄升到唇間。她接收並處理這些話語時，屬於她的數字開始翻滾，她的系統周圍泛起一波波漣漪，改變她的狀態。這時她會遵從她數字狀態的指示，熱情地回應你的溫存。

天啊！來到死後世界的第一個下午，你驚訝地發現：原來一切都是數字決定的。難道愛情真的只是數學運作的結果？

看了夠多的數碼後，你想到了數字的轉化作用與人生責任的新問題。你看著促使某位女駕駛人踩下煞車的一切訊號，也明白這些訊號的運作方式：走過她汽車輪胎前的一隻貓咪身上的數字改變了她的數字狀態，促使她踩下煞車。你甚至還能看見貓咪跑開時，從牠身上跳開的那些跳蚤身上的數碼。不管貓咪是否被撞到，你現在明白這些都不是人所能控制，全是數字因必然性而結合所造成的結果。不過我們也了解，數字的網絡非常稠密，超越了簡單的因果關係。我們敞開心胸，接受一個又一個的數字模式所蘊含的人生智慧。

如果你以為這種天啟的大禮只有在天堂才能享有，那只對了一半。其實這也是地獄的一種懲罰。獎勵官想將這種啟示當成禮物，不過懲罰官馬上決定，他們也可以將它當成一種折磨，讓人類看到屬於自己的那些無情冰冷的數字本質而剝奪其生命樂趣。

現在獎勵官和懲罰官雙方爭戰，想知道誰從這項工具受益較多。人類到底會感激自己獲得這項知識，或者因此折磨受苦？

下次你在死後世界追求新愛人，在邂逅之後共飲一瓶酒之際，若發現獎勵官和懲罰官偷偷溜到你身後也別太訝異。獎勵官會在你耳畔悄聲說：**了解數碼很棒吧？**而懲罰官在你另一隻耳邊低語：**了解吸引力的數碼機制讓你興致全無吧？**

這類情景在死後世界很常見，而這正可以說明他們雙方都過於高估我們。遊戲玩到最後，雙方都很失望，他們雖煩怒但終於明白，原來人類並不會因為知道生命背後的運作祕密而受到太大影響。生命的密碼，不論以禮物或負擔方式呈現，都不為人類所在意。這時，獎勵官和懲罰官再次偷偷潛

THIRTY-EIGHT

SUBJUNCTIVE

·

假使……的話

死後世界裡的你不會被拿來和他人做比較，而是和你自己做比較，尤其是和以前的你相比。死後世界非常類似於生前世界，只不過這個世界裡有以前的每個你。在電梯裡，你可能遇見以前那個意氣風發的你，或者三年前決定離開家鄉的你，或是那個坐上飛機、身旁恰好坐著某企業總裁、因此有機會到該企業工作而大展鴻圖的你。遇見這些個你，彷彿見到有番成就的表親，引以為傲的心情油然而生。雖然那些成就不直接屬於你，但你跟著與有榮焉。

然而沒多久你開始覺得備受威脅。因為這些你不是真正的你，他們比你優秀太多了。他們做出的決策更聰明，比你更認真打拼，還會更加努力設法開啟緊閉的門。這些門最後

真的為他們開啟，讓他們的人生邁向多采多姿的新方向。他們的成功不能歸功於他們基因較優，全然只是因為他們比你更知道怎麼打出手上握有的牌。他們和你的人生歷程相似，卻能做出較好的決策、避開道德失誤，不那麼輕易放棄愛情。他們比你更認真改過修正，也比你更常開口說抱歉。

終於，你無法忍受和這些更優秀的你在一起，你感受到前所未有的競爭壓力。

你開始和較差勁的你廝混，但這減輕不了你的痛苦。事實上，你不怎麼同情那些失敗的你，他們的懶散反而讓你略顯傲慢。「如果你別老看電視，離開沙發做些正經事，就不會把自己搞成這副德性。」在你還願意跟他們來往時，你這樣告訴他們。

然而在死後世界中，更優秀的你老是在你面前晃來晃去。在書店裡，你會見到他們其中一人和那個你沒能把握住的溫柔女子手牽手。還有另一個你正在瀏覽書架，撫過一排排看過的書。再看看慢跑過書店的那個你，他的身材之所以好過你，是因為他能持續上健身房，而你卻三天捕魚兩天

曬網。

　　終於你淪落到開始自我防衛，到處找理由辯護自己為什麼不想好好過日子，不願表現得善良正直。你勉強自己和較差勁的你當朋友，一起渾噩買醉。但是就連在酒吧中，你都會看見優秀的你正買酒請朋友，慶祝人生又有好事臨門。

　　這樣看來，人類在死後世界所受的是一種很聰明且會自動調整的懲罰：你愈不好好發揮潛能，就會被迫面對愈多討人厭的你。

THIRTY-NINE

SEARCH

·

追尋

在跨越生死線的瞬間，只有一件事改變：你失去讓身體皮囊得以運作的生化循環的動能。在死前的剎那，那上千萬兆顆構成你的原子仍與死亡剎那時相同，唯一的不同是它們與相鄰原子之間的網絡系統會慢慢停止。

就在這時，原子開始飛奔散離，不再為擔起人類皮囊運作的重任所束縛。曾經構成你軀體的原子開始像脫線毛衣拆散鬆離，每條毛線往不同的方向散落。隨著你嚥下最後一口氣，你的原子開始形成新匯聚：鹿角羊齒的葉子、有斑點的蝸牛殼、玉米粒、甲蟲的上顎、有蠟的美洲血根草、雷鳥的尾巴羽毛。

然而這上千萬兆的原子並不是偶然聚合，每顆原子在構

成「你」的時候，都被貼上你的標籤，所以即使離散到天涯海角，仍然帶著你。你並非完全消失，只是換成不同形式。以前揚眉或啵吻的動作現在可能變成蚊蚋起舞，麥稈搖曳，或白鯨深吸入肺裡的一口大氣。原本表達喜悅的舉止或許變成一片水草在浪擺處嬉戲，又或者化成積雨雲垂擺的漏斗、啪啪群游上岸產卵的銀漢魚，或是在河水漩渦四周打轉的光滑鵝卵石。

從你此刻沉重的觀點來看，或許會覺得這樣的死後世界分散得令人不安。事實上這是很棒的安排。你或許無法想像，沒定型的軀體往遼闊大地伸展的感覺有多舒暢：撫搓你的草地、折彎你的松枝、收縮白鷺的翅、利用閃爍的光束將螃蟹趕向地面。又或在水乳交融的境地中達到前所未有的性高潮。現在你可以隨著你原子所在的新身軀同時在多地交流。你旋轉靈活的觸手婆娑在愛人繁花似的身材上。你的河流匯聚。你像草地上叉合的生物協調移動，你是田野裡蔓蕪糾纏的植物；你是被撫觸的冷鋒，天雷勾動地火驟化成暴雨。

就像你的現世生活，死後世界的缺點就是世事永遠都在

變。隨著生物衰頹，果實落下腐敗，你會變得有能力發展出新姿態，並接受失去舊姿態。隨著熱帶候鳥的遷徙飛行、過冬麋鹿的歸隱奔竄，或者源頭悄悄探入地底的小溪從某處未知之地湧出，你的愛人會離你遠去。

在死後世界中，你面臨人世間也有的許多問題：誘惑、苦惱、憤怒、猜疑、惡習，還有別忘了那因自由選擇而產生的恐懼。別傻到相信植物自然地向光生長，鳥兒天生就能選擇方向，牛羚天性就懂得遷徙。事實上萬物都在追尋。你的原子可以四處散布，但它們不能逃避追尋。就算它們散落得上天下地，也不能阻礙你去思索該怎麼善用光陰。

每數個千禧年，你的所有原子就會從世界各地遠奔而來，以人類形體重新聚集，正如各國元首相聚舉行高峰會。它們被思鄉之情所牽引，重組成它們所源於的密實小點幾何狀態。透過人的身軀形態，它們得以重溫那曾被遺忘、如度假時光般的親密感。它們重新聚首，尋找它們曾經知道、當時卻不能珍惜的某種東西。

這次的重聚讓它們溫馨感動了一陣子，但沒多久它們又

開始懷念起自由自在的日子。在人類的身軀狀態中，它們得忍受幽閉恐懼之苦：一舉一動都受到限制，細微四肢難以屈伸。壓縮成人形的它們不能轉身瞥見遠處角落，只能對著咫尺內最靠近的耳朵說話，無法擴伸至廣袤區域。對原子來說，人類之軀讓它們處處掣肘。聚合成人類身軀的它們渴望攀登高山、優游汪洋、翱翔天空，追尋重拾它們曾體驗過的無拘無束感。

FORTY

REVERSAL

·

倒帶人生

沒有死後世界，但這不表示我們無法活第二次。

　　宇宙擴張到某階段，速度會慢下來，然後開始收縮，最後「時間之箭」將倒退飛梭。曾發生過的所有事情都會重新發生，但這次是倒退進行。這時你的生命不會死去或消失，而是倒帶走一次。

　　在這種倒帶的生命中，你從土裡誕生。舉行葬禮後，我們將你從土裡挖出來，莊嚴慎重地把你運到太平間，在那裡卸下你的妝。然後把你帶到醫院，四周醫護人員圍繞，你首次張開眼睛。在你的日常生活中，你會見到碎裂的花瓶重新黏合，雪水重凍成雪人，破碎的心找回愛人，連河水也逆流。婚姻重歷崎嶇艱辛，最後結束於一場激情約會。性愛交

歡的愉悅重新溫存，高潮過後緊接著是親吻而非倒頭大睡。滿臉落腮鬍的男子變成臉龐光滑的小男童。他們上學為的是除去腦袋知識的原罪。閱讀、寫作和數學全被刪除。接受完「去教育化」課程，博碩生開始萎縮爬行，牙齒脫落，最終達到嬰兒的最高純潔狀態。最後一天，他們號啕大哭，因為生命就要結束。嬰孩爬回母親的子宮，而母親最後也萎縮爬回她們的母親子宮內，以此類推，就像俄羅斯娃娃一個套一個。

在這種倒帶的生命中，所有事情以倒退方式進行，有福氣的你可以預期接下來會發生的事情。在倒帶的剎那，你滿心歡喜。第一次的生命必須往前進，而你期待這次的倒帶能讓你真正了解人生。

然而，出乎意外的痛苦也正等著你。你發現自己的記憶花了整輩子製造一些小神話，好讓自己的生命故事符合你所認為的你。你的敘述雖一致，但細節、決定和事情後果卻老記錯。在倒帶的過程中，故事情節一一揭露。倒退走過生命長廊，你在回憶和真實間衝撞得鼻青眼腫。直到回歸子宮前一刻，你對自己的了解就像第一次的人生那麼微乎其微。

國家圖書館預行編目

死後四十種生活/大衛‧伊葛門（David Eagleman）著
郭寶蓮譯‧──初版‧──臺北市：小異出版：
大塊文化發行，2009.10
面；公分‧──（不在系列；6）
譯自：SUM: Forty Tales from the Afterlives
ISBN 978-986-84569-7-6（平裝）

874.57   98014784